첫사랑이 슬픈 이유

첫사랑이
슬픈 이유

조윤성 지음

상상앤미디어

언젠가 서울역을 지나다가 한 커플을 보았습니다. 특별할 것 없는 모습인데 문득 궁금해졌습니다. 두 사람은 어디서, 어떻게 만나게 되었을까. 가만 보면 우리 주변에는 '어쩌다 보니 그렇게 됐어요'로 설명되는 당연하지 않은 일들 투성이입니다. 이상형과 딴판인 사람을 사랑하는 일, 행동부터 말투까지 비슷한 점이라고는 찾아볼 수 없는 커플, 잡아먹을 듯 싸우다가도 금세 두 손을 맞잡는 모습까지, 소설보다 더 드라마틱한 일들이 하루에도 수십 수백 번씩 펼쳐집니다.

친구와 대화를 나누다가, 지하철 맞은편 연인을 보다가 불쑥불쑥 솟아나는 상상을 따라가 보았습니다. 어쩌면 두 사람은 앙숙이었을지 몰라, 10년 지기 친구일지 몰라, 한 사람이 다른 사람을 짝사랑하는 것일지도 몰라. 어떤 날은 그 질문의 끝이 설레는 해피 엔딩이기도 하고 사회면을 오래 읽은 날이면 퍽 씁쓸한 결말이 되기도 했습니다. 열 세 개의 단편이 모두 아름다운 사랑 이야기는 아닙니다. 사실 엮고 나니 안타까운 이야기가 더 많은 것 같습니다. 굳이 이유를 찾아보면 일상이 녹록치 않기 때문일까요. 보고 싶고, 만지고 싶고, 마음이 쓰이는 말랑한 감정 옆에 우리네 세상살이를 놓았을 때. 팍팍한 삶에 비해 사랑이니 연애니 하는 것들이 사치스럽게 보일 때가 있는 법이지요. 사람이 사람을 애정한다는 것은 특별하고 소중한 일이지만, 현대사회에서 사랑의 대상은 오롯이 '그 사람'일까, 그 사람이 소유한 무언가일까, 라는 생각을 해봅니다. 머리카락 길이와 사는 곳의 위치가 나의 일부분인 건 맞지만 그 우선순위에 균열이 생길 때 빚어지는 오해와 갈등을 가감없이 마주해보고 싶었습니다. 몇 번의 '만약에'를 쓰고 지우면서 — 사랑이 놓이는 다양한 상황을 담았습니다. 아주 작은 계기로 시작되고 끝이 나는 이 핑크빛 감정은 불륜 현장을 비추다가, 농활에 참여한 학생들 사이도 오갑니다. 사랑, 그게 뭐라고 얌전하던 사람이 걷잡을 수 없이 뒤틀어지기도 하고, 손쓸 수 없던 인생이 변하기도 하지요.

고리타분과 반전 드라마를 오가는 스펙트럼 안에서 사랑에 대한 추억을 건져 올리는 시간이 된다면 기쁘겠습니다. 굳이 그렇지 않더라도, 재미있게 읽어 주시면 충분합니다. 감사합니다.

2020년 시월, 조윤성 드림.

백화점 4층의 대화

탈탈 털어 먼지 하나 안 나오는 사람은 없다.

"그 여자 알지. 점심때쯤 와서 타임부터 모조까지 싹 돌고 400~500 쓰고 가는."

"그런 애가 한둘인가."

"아니 맨날 못생겼는데 돈만 많은 남자 골라오는 애 있잖아. 막 초~록색, 노~란색 좋아하고."

"아, 알 것 같아. 그리고 꼭 입어보잖아. 일부러 한 사이즈 작은 거로. 라인 다 드러내려고 하는 건 알겠는데 입고 나올 때마다 실밥 뜯어질까봐 나 완전 조마조마하다고."

"화장품도 다 묻혀놓고."

"완전 진상. 근데 언니 매장 자주 오잖아. 나름 단골 아냐?"

"이제 아냐."

"왜?"

"아니, 또 처음 보는 남자랑 왔더라고. 배 나온 아저씨인데 구찌 로고 엄청 큰 벨트 차고 어울리지도 않는 입생로랑 클러치 들고 아무튼 나 돈 쓰고 싶어서 안달났다, 광고하고 있는 남자. 알지 어떤 느낌인지."

"완전 딱 알지."

"그래 그런 사람이랑 와서는 이 원피스 저 원피스 엄청 입어보는 거야. 평소에는 내가 군말 없이 열 개를 입어보든 스무 개를 입어보든 입도 뻥긋 안 하고 다 정리했지, 왜냐면 열 개 입으면 두 개는 사갔으니까. 우리 꺼 단가가 좀 되잖아. 정리 좀 해주고 20만 원 번다 생각하고 했거든 근데 오늘은 한 개도 안 사가는 거 있지."

"뭐야, 개진상. 그걸 그냥 뒀어?"

"안 뒀지."

"웅? 걔 성격도 개차반이잖아, 지난번에 아이잗에서 66사이즈 원피스 줬다가 내가 이렇게 뚱뚱해 보이냐고 소리소리 질렀던 거 생각하면 기가 차서."

"아이, 그렇게 안 했지."

"그럼?"

"옷 다 입어보고 '오빠 아까 거기 가보자' 하길래,"

"'아까 거기'는 뭐야, 진짜 화나네."

"나도 이제 애 안 본다 마음 먹고 말했지."

[몇 시간 전]

'마음에 드는 옷이 없으셨구나, 아쉽다. 지난번에 남편분이랑 오셨을 때 그 원피스 같은 게 나와 줘야 되는데.'

'남편?'

'아우, 자기야 그게 아니라, 이 미친 여자가 뭐라는 거야.'

'유부녀야 너?'

'아니 그런 게 아니라 내가 다 설명할게.'

'어, 아니구나, 그 전에 왔던 그 양복 입고 안경 쓰신 분이 남편 이신가? 죄송해요. 제가 머리가 좀 나빠서…'

"푸하하하, 뭐야 언니 대박. 그랬더니 뭐래?"

"얼굴 완전 붉으락푸르락 해서 나가더라고."

"대박. 와서 또 생난리 치면 어떡하려고 그래? 언니 진짜 겁도 없다."

"그 남자랑 나가는 거 사진 찍어서 그 여자 문자로 보냈지. 한 번만 더 소란피우면 이거 고대로 '남편들'한테 보낼 거라고, 교양있게 이야기했어."

"언니 남편 번호는 어떻게 알아?"

"번호 몰라."

"근데?"

"맨날 오면 기본 열 개 입어보니까. 입으면서 남자 자랑 엄~청 하거든. 이 오빠는 치과 의사야, 이 오빠는 어디 회장이야. 그러면서 받은 명함만 몇 개인 줄 아니? 그때마다 어머, 멋지시다, 언니처럼 예쁜 분 만나셔서 정말 좋으시겠어요. 기타 등등 우웩."

"뭔지 너무 알겠다."

"그중 누가 남편인지는 모르겠긴 한데. 어쨌거나 자기도 뒤가 구리니까 더 이상 귀찮게는 못하겠지, 아… 몰라. 일단 속 시원해."

"그래 잘했어. 탈탈 털어서 먼지 하나 안 나오는 사람이 어디 있겠냐고."

한낮의 장미

엄마는 나를 장미라고 불렀다. 장미처럼 곱고 화려하게 살기를 바라는 마음을 담으셨다고 생각한다. 엄마의 염원처럼 내가 자라난 곳은 불처럼 밝고 화사했다. 대한민국에서 가장 돈이 많은 남자들이 대한민국에서 가장 예쁜 여자를 사러 오는 곳. 엄마는 밤을 밝히는 여자였고 내가 태어남과 동시에 일반적인 가정주부가 되었다. 하지만 노래를 맞추고 발렌타인을 삼키며 약속한 미래가 얼마나 진득하랴.

내가 다섯 살도 채 되기 전에 아빠라는 남자의 후원은 끊겼고 엄마는 다시 화려하게 복귀했다. '마담의 딸이 변호사나 치과의사가 됐다더라' 하는 전설을 만들면 좋았겠지만. 나는 엄마를 비추는 불빛이 좋았다. 나도, 그 일렁이는 눈빛의 피사체가 되고 싶었다. 맞은편 가게에서 일하다가 엄마가 아끼는 웨이터 오빠에게 걸렸을 때, 집에서 딱 죽기 직전까지 두들겨 맞았다.

엄마는 산발이 된 나에게 소리소리를 질렀다.

"니가 뭐가 모자라서 밤일이야 이년아. 왜 하필이면. 내가 죽일 년이지 아이고 아이고."

"엄마 미안해. 나는 낭만적으로 살고 싶어. 근데 엄마, 낭만은 너무 비싸."

도대체 무슨 일을 해야 생일을 축하하며 200만 원짜리 샴페인을 터뜨릴 수 있는 것인지 나는 생각해낼 수가 없었다. 우리는 부둥켜안고 엉엉 울었고 그 다음 주부터 같은 가게에 출근했다. 나는 언니들로부터 고상하게 맞장구치는 법, 자연스럽게 위스키를 버리는 법을 배웠다. 진상을 처리하는 노하우와 TC를 올려 받는 스킬을 장착했을 때, 그 사람을 만났다.

나를, 한낮의 장미로 만들어 줄 사람.

논현동에서 무슨 엔터테인먼트를 한다며 명함을 내밀었을 때 까지만 해도 150번째 큰 손님을 만났다고 생각했다. 650만 원을 일시불로 결제하는 모습을 보며 고객관리 차원으로 밥이나 얻어먹자는 단순한 생각이었다. 4억짜리 자동

차 조수석에 앉았을 때도, 대로변에 있는 큼직한 사무실을 구경할 때도 별 감흥이 없었다. 심드렁하게 걷던 내 발걸음을 멈춰 세운 것은, 그가 지금껏 보여준 사치품들에 비하면 반의 반값도 안 되는 카메라와 조명이었다. 호리 존 앞에서 멈춰선 나를 보던 그는 말했다.

"카메라 테스트 한번 해보자."

"그게 뭔데요?"

"여기 가만히 서 있기만 하면 돼."

그는 나를 이리저리 걷게 하다가 매우 흡족한 미소를 지었다.

"잘 어울리는데?"

"그래요?"

시릴 만큼 환한 불빛을 온몸으로 받아내는 기분이 좋았다. 들뜬 내 앞에서 핸드폰으로 무언가를 찾던 그는 어떤 영상 하나를 보여주었다. 길쭉한 여자들이 음악에 맞춰 도도하게 걷는 15분짜리 영상에 나는 완전히 압도되었다. 화면 속 장면에 푹 빠진 나에게 그는 달콤하게 속삭였다.

"런웨이로 가자 장미야."

런웨이로 가자. 런웨이로 가자. 꼬박 이틀 동안. 그 목소리가 맴돌아 아무것도 하지 못했다. 결국 나는 엄마 손을 잡고 논현동의 사무실에 다시 앉았고, 그가 내미는 하얀 계약서에 사인을 했다.

"이제 너는 한낮의 장미가 되는 거야."

결연하게 고개를 끄덕였던 것도 같다. 아니, 그냥 믿기지 않았었다. 첫 런웨이는 GN(제네레이션 넥스트)이었지만 꽤 유망한 디자이너의 쇼였고 자랑할 것이라곤 유독 불룩한 가슴인 것을 꽤나 강조한 원피스였던지라 곧 패션 화보로, 다음 패션위크 때는 메인 라인업으로 올라갈 수 있었다. 물론 여기까지는 내 생각이다. 그냥 대표님이 로비를 잘한 것일지도 모른다.

모든 것이 너무 빠르게 흘러갔다. 나는 내가 원하던 낭만을 원 없이 터뜨렸다. 잠원대교가 내려다보이는 아파트, 지나가는 사람들이 한 번씩 쳐다보는 외제차, 언니들이 돈 많은 호구에게 여러 번 꼬리를 살랑여서 받아내던 가방들을 고민 없이 소유할 수 있다는 것은, 낭만적이었다. 내가 원하던 삶이 내 손에 있다는 것에 나는 충분히 기뻐해야 했다. 하지만, 맥퀸의 유명한 구두 위에 올라 걷는 것처럼 딱 한 걸음 잘못 걸으면 발목이 부러질 것 같은 긴장감이 나를 옥

죄었다. 문밖을 나서면 사방이 눈, 눈, 눈인 것이다. 이글거리는 눈빛의 주인공이 되고 싶다고 생각한 것은 맞지만 그게 24시간 작동하는 cctv를 의식하는 기분으로 산다는 것일 줄은 몰랐다. 누군가에게 털어놓고 싶었다. 하지만 좀처럼 누구를 떠올릴 수가 없었다. 엄마는 바빴다. 친구 같은 것은 어떻게 키우는 것인지 배우지 못했다. 남자란 필요한 것을 주고받는 관계다. 그래서 거울 속의 나는 늘 꼿꼿하게 외로웠다.

하루는 집으로 돌아오던 중 새로 생긴 꽃집을 보았다. 말끔한 쇼윈도에 진열된 꽃들과 나 사이의 차이점은 걷는다는 것뿐이다. 헛헛했다. 그때, 하얀 카디건을 입은 여자 하나가 꽃집에서 나오더라. 노란 장미 몇 송이와 안개꽃이 만개한 꽃다발이 예쁘다고 생각했다. 꽃다발을 보던 눈이 무심코 꽃의 주인에게 가닿았다. 익숙한 얼굴. 그녀는 나를 흘깃 보고 함께 온 남자의 팔짱을 꼈다. 두 사람은 뭐가 그렇게 재밌는지 저녁에는 뭘 해먹을까 이야기하며 걸어갔다. 아주 평범한 보통의 이야기를 하는 두 사람의 뒷모습을 나는 한참 바라보았다.

그녀는 엄마의 가게에서 접시를 닦던 여자였다. 나와 나이가 비슷한, 울산에서 상경한 아가씨. 엄마는 순둥하게 생긴 애가 고생하는 게 안됐다며 "그냥 술만 따르면 되는데…" 혀를 찼지만 그 여자는 그저 한 번 웃고 다시 접시를 닦았다. 이해가 가지 않았다. 월급은 10배 이상 차이가 나고 훨씬 쉽게 돈을 벌 수 있는데 왜 저 고생을 하는지. 꽤 오래 나는 그녀에게 '멍청이'라는 별명을 붙여 두었었다. 세상을 모르는 어리석은 여자라고.

노을 진 거리를 걸어가는 한 덩어리의 그림자를 보며 쓸쓸하게 생각한다. 그녀가 접시를 닦으며 사랑을 살 동안 나는 웃음을 팔며 낭만을 샀다. 사랑이라는 단어에 손톱만큼의 감동도 담을 수 없는 나의 삶과 파 한 단이 든 종량제 봉투를 두고 '내가 들게' 옥신각신하는 그녀의 삶 중 어느 쪽이 더 어리석은가.

외모지상주의

내 생각과 행동이 같을 때, 우리는 멀쩡하다 ― 운전하는 사람은 멀미하지 않는 것처럼.

그 남자는 확실히 잘생긴 편은 아니다. 그런데도 그 카페에는 늘 손님이 많았다, 그것도 여자 손님들이. 여자들이 좋아하는 취향의 에세이와 여행 서적들이 많기 때문이기도 하겠지만 ― 희한하게 손님들은 커피를 내리거나 생맥주를 따라주는 바 테이블에 앉기를 좋아했다. 그 등받이 없이 불편한 의자에 앉아서 책방 주인인 그 남자와 이야기하는 것을 좋아하는 것이다. 가장 구석에 놓여 있는 푹신한 소파 자리를 선호하는 나로서는 잘된 일이었다.

그 자리에서는 카페 전체의 풍경이 구석구석 잘 보였다.

칼 정장을 입고 인문학 책을 읽고 있는 젊은 남자, 청바지에 티셔츠 차림으로 털레털레 들어오는 학생, 수줍은 목소리로 칵테일은 없나요? 묻는 여자까지. 대체적으로 밍숭맹숭한 풍경이었지만 이따금씩 재밌는 장면도 있었는데, 사장님을 향한 여자들의 시선이 주요 소재였다.

한번은 아주 짧은 치마에 한껏 화장을 한 여자가 보라는 책은 안보고 사장님만 뚫어져라 보고 있는 것을 목격하기도 했다. 그 여자의 열정적인 시선을 따라가서 남자의 얼굴을 두 번 세 번 흘끔 보기도 했다. 하지만 첫째도 둘째도 얼굴이 중요한 나는, 도무지 이해할 수가 없었다. 아무리 좋게 봐줘도 주근깨가 많은 그냥 평범. 그 이상은 힘든 얼굴인데. 시선은 책을 향했지만 생각은 콩밭에 있던 내 시야에 하얀 도자기 그릇 하나가 쑥 등장했다. 그리고 이어지는 따뜻한 목소리.

"오트밀 쿠키예요. 항상 라떼 드시길래."

"어머, 감사합니다."

어쩌면 이런 친절함 때문에 손님들의 눈에 잘생김 버프가 쓰이는 걸까. 안면을 트고 난 다음부터 그 남자와 말을 주고

받는 게 재미있긴 하다. 책을 많이 읽는 사람이라서 그런가, 되받아치는 말이 아주 쫀득했다. 이따금씩 그가 말을 붙이면 내심 긴장이 되기도 했다. 나도 그만큼의 재치있는 대답을 해야 할 것 같은 이상한 경쟁심이 들었기 때문이다.

"제가 마음씨 하나는 끝내주거든요."

"사장님은 뭐든 끝내주시죠."

"특히 얼굴이 아주 끝을 봤죠, 반대쪽으로."

아니에요, 라고 답해야 할 차례인데 그런데 그렇다고 해서 마음에도 없는 거짓말을 해줄 수는 없었다. 그래서 나는 그냥 웃었고 그런 나를 보며 그는 못 참겠다는 듯 온 얼굴로 웃었다. 그렇게 정성껏 웃으니까 좀, 환하게 보였다.

"사장님은 웃는 게 참 멋져요."

"웃는 낯에 침 못 뱉는다잖아요."

한마디도 지지 않는 대답에 이제는 내 입꼬리가 올라갔다.

"쿠키 잘 먹을게요."

그는 고개를 까닥하고 다시 그의 자리로 돌아갔다. 그 뒷모습을 잠깐 바라보다가, 고소한 라떼를 한 모금 마시며 다시 하루키의 소설 속으로 빠져들어 가는 것 ― 언제부턴가 이런 시간이 퇴근 후 내 소소한 재미가 되어가고 있었다.

그의 책방은 우리집에서 엎어지면 코 닿을 자리에 있었고, 혼자 사는 집에 들어가 방바닥을 긁느니 선곡까지 내 맘에 쏙 드는 아늑한 공간에서 책 한 줄 더 읽는 게 낫다고 생각했다. 처음에는 그게 이유의 전부였는데 언제부턴가, 책을 읽다 보면 한두 번씩 말을 거는 그 사장님의 목소리도 — 아주 조금의 이유가 되고 있었다. 아니, 사실 가끔씩은 그 대화 시간이 소설 속 긴박함보다 더 흥미진진하기도 했다.

평소보다 조금 늦게 퇴근을 했던 수요일인가, 목요일에. 아주 우울한 에세이 한 편이 필요해서 책방 문을 열었었다. 그는 눈으로 나를 반기고 뒤이어 늘 내가 즐겨 앉는 구석 창가 자리를 쳐다봤다.

라떼요?

입 모양으로 묻는 그에게 나는, 살짝 웃으며 고개를 끄덕였다. 가방을 놓고, 널찍한 책꽂이 앞에서 빗방울이 덕지덕지 그려진 오래된 수필집 한 권을 꺼낸다. 빗방울처럼 혼자인 시간이 나에게 필요했던 탓이다.

말을 걸어오면 어떡하나, 싶기도 했는데.

따뜻한 라떼가 소리 없이 탁자에 놓여지더니, 고양이처럼 삽시간에 내 공간은 다시 조용해졌다. 평소보다 잔잔한 음악과 평소와 다를 것 없는 조명이, 마음을 다독이는 것 같았다.

한 시간 정도 책을 읽고 계산을 하러 나오면서 나는 문득 무슨 말이라도 하고 싶어졌다. 이 사람과 내가, 평소보다 적은 대화를 나눈 것이 왠지 나 때문인 것 같은 죄책감을, 변명하고 싶었달까.

"사장님 스타일을 조금 알 것 같아요."

"정말요? 벌써?"

"에이, 볼 만큼 봤죠."

책방에 자주 온다는 뜻으로 한 말이었다, 그런데.

"아, 제가 잘생긴 편은 아니긴 한데."

"네? 그 말이 아니잖아요!"

예상치 못한 대답이 민망해, 괜히 목소리가 커졌다.

넉살 좋게 웃어 보인 그는 영수증과 함께 카드를 돌려주며 물었다.

"장난이에요. 기분은 좀 나아지셨어요?"

"…고마워요."

그 마음 씀씀이에 나는, 왠지 그에게 J라는 이름을 붙여 편지를 쓰고 싶은 기분이 아주 잠깐, 들었다.

길었던 여름이 지나고 가을이 오면서 나는 연애를 하고 싶어졌다. 가을바람이 불기 시작하면 누군가를 만나고 싶어지는 게, 여자에게만 해당되는 말은 아닌가 보다. 오랜만에 만난 친구가 요즘 왜 이렇게 여자 소개시켜 달라는 오빠들이 많은지 모르겠다고 투덜거리는 걸 보면.

"그래? 나 요즘 남자 소개 받고 싶은데."

"아 진짜? 뭐야 진작 말하지."

핸드폰을 잠깐 뒤적이던 친구는, 갑자기 호들갑을 떤다.

"아 맞다. 이 오빠 얼마 전에 헤어졌는데… 대박이야."

친구의 핸드폰에 나타난 남자의 사진은 친구의 말처럼 조각미남이었다.

"그래 좋아."

좋다고 대답하고 번호를 넘기긴 했지만 별로 심장이 뛰지는 않았다. 지금까지 봤던 남자들 중에 탑 쓰리이긴 한데 ― 왜 썩 기쁘지 않은지는 모를 일이었다. 아직 안 만나서 그런가.

선뜻 첫 만남에 우리 동네로 찾아온 그는 사진처럼 잘생긴 남자였고, 사진만 봐도 알 수 있었던 것처럼 매력적이었다. 굳이 말하지 않아도 얼마나 많은 여자들이 이 사람의 말과 행동에 하늘을 오르락내리락 했을지 짐작이 갔다. 평범한 동네 밥집에서 밥을 먹고 그냥 좀 유명한 카페에서 커피한 잔을 마시고 헤어졌던 첫 만남 이후 — 그가 보내는 메시지는 일하는 중간중간 끊임없이 울렸다. 그는 내 대답이 재미있다고 했다. 놀랍게도 그는 나에게 어떤 흥미가 생기는 모양이었다. 그런데 정작 내 머릿속에는 다른 물음표만 솟았다.

왜 별로 재미가 없지?

세 번째 만남에서 그는 꽤나 분위기를 잡으며 다음 만날 때는 자기 집에 초대하고 싶다고 했다. 올 것이 왔다고 생각했다. 한두 번도 아니고, 사실 이렇게 잘생긴 남자와 보내는 하룻밤이 어떨지 궁금하기도 했다.

"집들이는 정말 오랜만이긴 한데 — 좋아요."

"아, 너무 기대된다."

어떤게요, 라고 묻고 싶었지만,

나는 그냥 웃었다.

"필요하신 거 있어요? 그래도 집들이인데."

"남자 혼자 사는 집에 뭐 필요한 게 있겠어요. 와주는 것만으로 충분하죠."

"집들이 자주 했어요?"

"아니요. 신짜 특별한 사람만 초대하죠."

분명 로맨틱한 말이었다.

그런데도 깊은 눈동자를 빛내며 발음한 특.별.한 이라는 글자가 내 마음 속에 어떤 소용돌이도 일으키지 않는다는 게 답답할 지경이었다. 그래서 그냥 칭찬을 했다, 사랑에 푹 빠진 여자처럼.

"말 진짜 예쁘게 하신다."

"승미 씨만 하겠어요."

그는 어떤 여자도 좋아하지 않을 수 없는 다정함으로 집 앞까지 나를 데려다주었다. 계단을 밟고 걸어가다가, 잠깐 멈춰서서 그윽한 눈빛으로 나를 올려다본다. 어디서 배웠는지 몰라도 참 그럴듯한 눈빛이다. 달빛에 비친 그 조각 같은 얼굴에 감탄이 나왔다. 잘생겼다, 정말 잘생긴 얼굴이다. 그런데, 뭔가 착잡했다. 이게 지금 썸이라면 썸을 타고 있는 건데 — 심장이 전혀 뛰지를 않는다.

침대를 뒹굴거리며 인스타그램 피드를 올렸다. 책방 사장님의 글에서 엄지가 멈춘다. 어제 올라온 글이었다.

[내 옆자리가 완전한 너의 것이 아니기에, 허락된 불안한 자유.]

옆자리에 대한 고민을 하시는구나. 완전한 너의 것에 해당하는 주인공이 누굴까. 책방의 수많은 여자들이 떠올랐다. 솔로임이 분명한 사장님에게 허락된 자유가 불안하다는 것은 ─ 결국 누군가를 좋아하시는 거군. 나는 핸드폰을 덮어버렸다.

괜히 기분이 나빴다.

책방에 가지 않아도 시간은 잘만 흘렀다. 일상적으로 메시지를 주고받던 조각미남과 약속한 '집들이' 날도 금세 다가왔다. 하필 그날이 끝난지 이틀 밖에 지나지 않아서 여성 호르몬 분비가 극심한 날이었다. 외로운 여자에게 그렇게 잘생긴 남자는 위험하다. 오늘 같은 날에 이 사람과 한집에 있다는 것은 위험하기 짝이 없는 일이다.

"와인 한잔… 괜찮아요?"

살랑 소리가 나는가 싶더니 하얀 커튼을 젖히고 와인 잔을 든 조각미남이 들어온다. 진한 와인향이 작은 방을 가득 채웠다. 소파베드에 앉아 스크린을 바라보고 있던 나는 쿠

선을 아래로 내리며 말했다.

"한잔 정도는!"

"술 잘 안 마시죠?"

"별로 즐기지는 않아요."

"그런 것 같아서. 우리 와인이 처음이잖아요."

그러고 보니 술 한잔 기울인 적이 없네.

나는 대답 없이 와인잔에 입을 댄다. 떨떠름하고 쌉쌀한 깊은 맛이 혓바닥 위를 쓸고 꼴깍, 떨어졌다. 한 모금 두 모금 마실 때마다 진득한 취기가 퍼진다. 나는 소파에 널부러져 한숨 푹 자고 싶은 기분이 들었다.

그는 학교 이야기를 하다가 회사 이야기를 하다가, 그만이었다. 영화 이야기, 여행 이야기는 지난 만남에서 다 털어서 더 이상 할 말이 없었다. 보통 잠잠할 때 깨발랄한 질문을 던지는 건 내 쪽이었는데 와인 몇 잔이 들어가고 나니, 그마저도 쉽지 않았다. 그래서 그냥 — 그렇게 우리는 말 없이 와인을 마셨다. 대화를 하는데 받아치는 맛이 없다. 이래서 내 심장이 뛰지 않았던 걸까. 마지막 잔을 비우면서 그는 말했다.

"그거 알아요?"

"승미 씨 웃을 때 정말 예뻐요."

그리고는 내가 상상했던 것에서 크게 벗어나지 않는 말이 따라왔다.

"특히 입모양이."

가까이 다가오는 조각 같은 그의 콧날을 보면서. 나는 살짝 휘어진 콧망울을 중심으로 흩뿌려진 주근깨를 떠올렸다. 왜 이 순간에 그 사장님의 주근깨가 떠오르는지 모를 일이었다, 왜 순간 찬물을 끼얹듯 그의 어깨에 손을 올리고 막아냈는지도 모를 일이다.

"많이 마셨어요."

나는 어질한 머리를 한 손으로 짚은 채 가방을 챙겼고, 그는 그런 나를 굳이 잡지 않았다.

"저… 그만 들어가 볼게요."

잘 정돈된 마당을 걸어 나오면서 나는 은은한 간접등이 켜진, 책 읽는 그의 가게가 간절해졌다. 보고싶다는 게 생각의 전부는 아니었다.

그저 나에게는 재치있는 대화가 필요했다.

달빛을 따라 집으로 걷는 길에 발걸음이 그냥 그 책방으로 향했다. 그리고 처음으로, 그가 책방 문 앞에 나와 있는 것을 보았다. 골목 어귀에 들어선 나와 눈이 마주친 순간, 사장님은 웃으며 인사를 한다.

"어, 오랜만에 오셨네요."

"오랜만이에요 사장님."

"왜 이렇게 늦게 오셨어요. 문 닫는 시간에."

"궁금해서요."

"뭐가요?"

"며칠 전에 인스타그램에 올리신 수수께끼는 뭐의 프롤로그인지."

입 모양으로 아, 를 발음하더니, 턱을 괴고 말했다. 그 모양새가 하도 우스워서 내 입가에는 금세 웃음이 번졌다.

"음… 그거 좀 이야기가 긴데."

"장르가 뭐예요?"

"액션이어야 할 것 같은데, 아니에요."

"공포 아니구요?"

"아, 그 생각을 못했네. 죠스 같은?"

하며 상어같이 입을 벌리는 표정이 중학교 때 동네 친구들과 하릴없이 놀 때 보던 그것과 꼭 같아서 나는 신기해한다. 너무 때 묻지 않아서 재밌고, 그래서 더 궁금해진다는 게.

"사장님, 이거 로맨스죠."

순간 그의 얼굴이 확, 빨개진다.

"아, 아니에요."

"에이 거짓말. 술 한잔하면서 들어야 되는 거네."

나는 한 발짝 다가가서 말을 이었다.

"제가 마침 오늘은 술을 좀 마셔서요."

"술이요!? 누구랑요?"

발끈하는 모습에 이번에는 내 얼굴이 붉어진다. 정말 궁금해서 물어보는 건가?

왜 발끈하지? 로맨스가 진짜 있긴 있는 건가?

아까 그 마당 있는 집에서 온갖 분위기를 다 잡아놓았을 때는 떠오르지 않았던 질문들이, 이 좁은 골목길에서는 끝도 없이 떠오른다. 이쯤되면 나는 내가 외모지상주의가 아니라는 걸 인정해야 되나 보다. 나는 살살 웃으며 물었다.

"잘됐죠 뭐, 맥주 한잔하실래요?"

완전 반대

임대리는 지금 심기가 매우 불편하다.

1년에 단 하루, 도저히 정시 퇴근을 할 수가 없는 지긋지긋한 밤이 또 찾아왔기 때문이다.

쾅 — 꽈광 —

귀청이 떨어져라 울리는 소리에 사람들은 좋다고 환호성이다. 저게 뭐라고 서울 각지에서 여의도로 몰려오는 통에, 도저히 축제가 끝날 때까지는 운전을 할래야 할 수가 없다. 그래서 일부러 이 기간에는 일들을 몰아둔다. 빼박 야근이니까. 하지만 — 모니터에 켜둔 인사행정부에 정신을 집중해보려 해도, 저 번쩍이는 불빛과 폭죽소리 때문에 1분 이상 몰입하기가 힘들다. 게다가.

"우와, 우와 어떻게 저렇게 밝지? 어머머, 대박."

아까부터 맞은편 자리에 앉아 창문 밖을 바라보고 있는 이 여자 때문에 더, 정신이 없다. 듣는 사람도 없는데 혼자서 사진도 찍고 영상도 찍고 놀랐다가 아쉬워했다가 아주 잘 놀고 계신다. 저 정도면 거의 불꽃축제 보려고 입사한 수준이다. 대단하다, 대단해.

: 선우

선우는 지금 몹시 행복하다. 매년 베스트 스팟을 찾아다녔지만 올해만큼 최고의 뷰에서 보는 건 처음, 처음이다! 여의도 한복판, 22층 건물의 통유리창에서 바라보는 불꽃이라니, 대박. 상상을 초월하는 거대한 크기의 불꽃이 다양한 모양으로 터지고, 올라오고, 흩어진다. 임신 6개월인 인사팀 과장님의 책상이 통유리창 옆자리라는 것을 발견한 후로 선우는 매일 그녀와 친해지려고 공을 들였다. 왜? 좀 있으면 불꽃 축제고, 그녀는 5시 땡 하면 귀가하니까. 매번 산후조리에 좋은 영양제며 태교 음악 파일을 선물하는 선우에게 과장은 기꺼이 명당에서의 관람을 허락했다. 17개째 영상을 촬영하면서 지금까지의 알랑방구가 결코 헛되지 않았다고 생각한다. 띄엄띄엄 불이 꺼진 사무실에서 바라보는 것이 조금 아쉽긴 하지만. 아니, 저 앞 책상에 앉으신 분은 왜, 9시가 다 되어 가는데 퇴근을 안 하는 거야? 불을 다 끄고 봐야 더 기깔난데. 저음에는 불꽃축제 기다리시는가 싶었는데, 폭죽 소리가 날 때마다 오만상을 찌푸리는 것을 보니 감정이 메마르다 못해 사막화가 진행 중인 것이 분명하다. 어떻게 저 예쁜 불꽃을 보고 감흥이 없지, 돌이야 뭐야? 대단하다, 대단해.

: 주환

복지재단에서는 꼭 이맘때 모금 영상 상영 제안이 온다. 1년에 한 번, 전 직원을 모아두고 평가 기준과 연봉 협상 시 유의사항에 대해 브리핑하는 중요한 때에 항상 같은 레파토리 지겹지도 않나. 하지만 또 그렇게 직원들의 눈물샘을 자극한 돈으로 1년간 활동을 이어간다고 하니, 반대할 수도 없다. 올해도 역시나 똑같은 시나리오로 흘러나오는 화면을 보는 것도 지겨워서 앞줄에 앉은 직원들의 표정을 구경하는데 — 여성복 브랜드 끝자락에 앉은 분은 거의 통곡 직전이다. 아무리 그래도 회사인데 저렇게 감정조절을 못하나. 신기하다 못해 기이하기까지 해서 눈물 펑펑 흘리는 여자를 빤히 쳐다봤더니. 어? 얼마 전 불꽃이네. 웃는 것도 우는 것도, 아무튼 요란한 여자다. 이름이 뭐야 저 사람 도대체? 사무실 올라가면 찾아봐야겠네.

봄날은 로봇의 마음에도 벚꽃을 피게 하나 보다. 퇴근을 앞두고 기지개를 켜던 임대리의 눈에 해질녘 한강의 반짝임이 아름답게 보인 것이다.

오랜만에 옥상에서 바람이나 쐴까?

잔디가 깔린 하늘 정원에는 노을이 넉넉하게 번지고 있다. 임대리는 출입문 건물을 돌아, 마포대교가 잘 보이는 뒤쪽으로 걸어갔다. 나만 아는 명당이라고 생각했는데, 웬일. 누군가 있다, 그것도 잿빛 아우라가 우주장창 뻗친 여자가. 사원증을 언뜻 못 봤더라면, 같은 사람이라고 상상도 못 했을 거다. 너무 다른 모습에 그만, 이름을 뱉어 버렸다.

'장선우 씨?'

'네? 저 아세요?'

물음표 끝이 아주 뾰족하다. 평소의 임대리였다면 가만있지 않을 텐데, 그의 표정은 담담하다. 다양한 감정의 소유자가 보이는 경계는 여러 번 찔려본 사람들의 방어기제 같아서 도리어 안타깝다.

'몇 번 봤어요. 불꽃축제 때도 그렇고.'

뭔소리야, 라고 하려던 선우는 그날 사무실 한편에서 오만상을 찌푸리고 있던 남자를 떠올려낸다.

'아, 그때 그… 심각한 표정의.'

심각한,에서 임대리는 피식 웃음이 터진다. 선우는 화들짝 놀라 고개를 숙이며 사과를 한다.

'아, 죄송해요. 그런 의미가 아니라….'

'괜찮아요.'

사과하는 그녀의 표정은 아까보다 더, 검고 어둡다. 분홍빛으로 바뀌기 시작한 봄날의 저녁이, 아직 서른도 채 되지 않은 여직원을 배경으로 아름답게 저물어야 옳을 텐데. 오히려 이쪽은 밤 같다, 내일이라고는 없는, 깜깜한 어둠 같다.

'디자인실에 있어요?'

'아뇨. 생산팀이요.'

'디자인과 졸업하지 않았어요?'

'…어떻게 아세요?'

아, 임대리는 뭔가 실수한 것을 깨닫고 설명을 하려 하지만 그녀는 금방이라도 눈물이 터질 것 같은 표정으로 돌아섰다. 생산부서라니. 하루, 아니, 한 시간이라도 납기를 늦췄다가는 오만 브랜드에서 쏟아지는 타박이 날카로운 곳이다. 때문에 매우 세심하고 치밀하게 계획하는 안정형의 사람에게 적합하다는 건 기본. 더욱이 호기심이 많고 다양한 아이디어를 내며 빠르게 행동하기를 좋아하는 성향의 사람이 있기에는 부단히 어려운 조직인데. 왜.

어느덧 진한 남색으로 변해버린 하늘에 선우의 쓸쓸하기 짝이 없는 표정이 겹친다. 원래 계획대로 서울의 스카이라인도, 알전구 같이 반짝이는 야경도 실컷 보았지만 쉬이 발걸음이 떨어지지 않는다. 한참을 서있던 임대리가, 손바닥을 한 번 치고는, 모니터 앞에서 손가락을 열심히 움직이기 시작했다.

* * *

홍대입구역 8번 출구에서 내린 임대리는 벌써부터 눈살이 찌푸려진다. 시끄럽고, 사람이 많고, 아무튼 요란하다.

이건 마치 —

'대리님!'

그래. 이 사람 같다. 초록색 원피스에 까만 피 재킷을 입은 선우가 손을 흔들며 다가온다.

'와, 사람 엄청 많네요.'

선우는 어깨를 으쓱하며, 별 말씀을요, 라고 겸손한 대답을 하지만 100m는 족히 넘게 줄지어 선 사람들이 신기할 따름이다. 이제 막 생긴 브랜드를 어떻게 알고 이 사람들이 줄까지 서가며 기다린다는 것인지, 그 심리를 임대리는 죽었다 깨어나도 이해할 수가 없다.

'대단하다. 잘할 줄 알았어요.'

그룹에서 처음 시도한 여성복 브랜드 마케터 자리에 선우를 추천했던 이유가 떠오른다. *[고객의 감정을 이해하며, 공감한 즉시 행동에 옮긴다.]*

'감사합니다. 진심이에요.'

'제가 더 감사하죠.'

무슨 말이냐고 물으려던 선우의 무전기에서 '주임님…'으로 시작하는 말이 웅얼거렸다.

'죄송해요, 제가 꼭 찾아뵐게요.'

뾰족 구두를 쿵쾅거리며 멀어지는 뒷모습에서, 9월의 불꽃이 터지는 것 같다. 처음으로 올해는 그 폭죽소리가 그렇게 시끄럽지는 않을지도 모르겠다는 생각을 한다.

이런 나라도 괜찮다면

[바바야]

그는 나를 그 곰인형 같은 이름으로 부르기 좋아했다. 연애할 때부터 그러더니, 결혼하고 2년이 지나도 한결같다.

[미안해]

나 역시 한결같이, 미안해한다.

알고 있다. 오늘이 그에게 — 아니, 정확히는 우리에게 중요한 날이라는 것. 하지만 3달 동안 공들여서 겨우 잡은 미팅인데 시계를 흘끔댈 수는 없는 노릇 아닌가. 액셀을 밟는 발에 힘이 실렸다. 속도판은 금세 90km를 넘어갔다. 그렇다고 시간을 돌릴 수는 없겠지만.

[10시가 넘었다]

미안해, 라고 한 번 더 보낼까 하다가 서강대교에 진입하는 마당에 그냥 한시라도 빨리 집에 도착하는 게 낫겠다고 마음을 먹었다. 다리 건너서 딱 1분이면 되니까.

주차장에 도착하기 무섭게 복도를 달려 12층, 우리의 보금자리가 있는 층수를 누른다. 가까워지는 집이, 오늘따라 버겁다. 작년에도 이랬는데. 작년에도 나는 우리의 결혼기념일을 제대로 지키지 못했다. 그때는 — 뭐였더라. 정확히 기억이 안 난다. 패션위크였나, 바이어 미팅이었나. 그때도 아무튼 일 때문이었다.

번호키를 누르며 뭐라고 변명을 해야 할까 생각했다. 아니, 뭐라고 사과를 해야 할까. 그냥 들어가자마자 달려가 안길까, 뽀뽀를 하면 좀 풀릴까. 띠리릭 — 문이 열리는 소리. 나는 눈을 질끈 감고 되려 밝은 척 외친다.

"자기야!"

구두를 벗으며 차가운 바닥에 들어섰다. 종종 걸음으로 두리번, 그를 찾는다. 거실 불이 꺼진 것으로 보아, 그는 이미 단단히 화가 났다. 식탁을 마주보고 앉은 어깨에 피곤과 짜증이 가득하다.

"자기야. 미안해."

나는 어깨에 손을 올리며 껴안으려 했다. 하지만, 내 손은 이내 공중에 내동댕이 쳐진다.

"7시에 보기로 했잖아."

샹들리에 불빛이 은은히 비추는 테이블 ― 분명 몇 시간 전에는 반짝반짝 예뻤을 케이크가 그의 어깨와 꼭 같은 모양새로 풀이 죽어있다. 그 옆에 줄지어 식어버린 파스타, 퍼석퍼석해 보이는 스테이크가 놓여있다. 내 자리여야 했을 곳에는 핑크빛 꽃다발이, 하얀 쇼핑백과 함께 앉아있지만 ― 나는 원래 그들의 존재 이유처럼 환호성을 지르며 웃을 수 없었다. 적어도, 지금. 벌써 두 번이나 그를 제대로 실망시킨 몹쓸 와이프가 보일 수 있는 태도는 아니었다.

나는, '미안해'도, '고마워'도 하지 못한 채 그냥. 그 어깨 뒤에 벌 서듯 서 있었다.

"…알아. 너 일 좋아하는 거. 나도 그런 네가 좋아. 그런데."

말을 이으려던 그가, 기가 차는 듯 한숨을 쉰다.

"아, 아니다. 됐다."

"미안해. 너무 중요한 약속이었어, 3달 만에 겨우 잡은 미팅이…"

"중요한?"

덜미를 잡힌 기분이었다. 그의 싸늘한 눈초리가 내 미간 어딘가에 꽂히는 것이, 쓰라리다. 하지만, 한편으로는 어딘가 억울했다. 다른 사람이랑 놀러다닌 것도 아니고, 일은 정말 일인 것 아닌가.

"난 뭔데. 그게 그렇게 중요해?"

"어쩔 수 없었어. 일이잖아. 일."

"그놈의 일, 일! 넌 항상 그래. 기다리는 사람은 생각 안 해? 나는 오늘 하루종일… 하, 됐다. 뭔 말을 하겠냐."

그는 의자를 박차고 일어나 방으로 들어갔다. 쾅. 닫히는 그 소리가 꼭, 내던져진 그릇, 촛대, 리모콘, 그 무언가들 같아서 아팠다. 입을 앙 다문 안방의 문이, 영원히 열릴 것 같지 않아 덜컥 겁이 났다.

왜, 왜 이렇게 됐을까.

나는 변한 게 없는데. 아니, 내가 변한 걸까?

내가 처음 회사를 때려치고 나와서 브랜드를 만들겠다고 동대문을 헤집고 다닐 때. 소꿉친구였던 그는 20년째 도매상을 하고 계신 어머니를 들볶아서 첫 도매처들을 열어줬다. 그뿐이었나. 새벽 시장에서 주차하는 게 힘들다고 징징 댔던 것을 귀신같이 기억해서 그날부터 거의 매일. 나를 데려다 주고, 데리러 오고. 어머니를 도와주러 간다는 것은 핑계였고 그냥 그의 일상이 전부, 나에게 맞춰져 있었다. 원래부터 착한 애니까, 그러려니 하면서도 왜 나에게만 그렇게 유별난지 궁금해지던 찰나 — 소셜 몇 군데에 입점하면서 한참 정신이 없어지던 때였던 것 같은데. 메인 기획전을 오픈하고 기진맥진한 상태로 그에게 전화를 걸었던 적이 있었다.

"뭐해."

"왜."

"나 배고파."

"근데."

"근데라니. 밥 먹자."

평소라면 군소리 없이 그래, 라고 했을 애가 웬일로 꼬리를 무나 싶었다. 물론 십 분도 채 되지 않아 집 앞에 나타났지만, 어딘가 표정이. 답지 않게 심각했던 기억이 난다. 밥을 먹고, 커피 한 잔을 테이크아웃해서 집까지 걷다가. 그가 물었다.

"너 나 좋아하냐?"

라떼야, 아메리카노야, 물을 때와 다를 바 없는 단조로운 억양으로. 그게 그렇게 무심하게 나올 말인가 싶어서 한 번, 난데없이 심장이 쿵쾅쿵쾅 북치고 장구치며 달리는 것에서 또 한 번 놀랐던 것도, 기억한다.

"미쳤냐!"

"근데 왜 항상 나야? 너 친구 많잖아."

"…그냥."

"그냥?"

늘 뭉실뭉실하게 옆자리를 지키던 사람이, 한 번도 나에게 대답을 요구한 적 없던 사람이 빤히 바라보고 있는 모습이 낯설었다. 나는, 정말로 그때 뭐라고 말해야 할지 몰랐었다.

"편하니까."

"그게 좋아하는 거 아니야?"

장난하냐, 미쳤냐, 절대 아니야, 라고 했어야 했는데. 이상하게도 그때, 그 밤, 그 골목에서 나는 그 강한 부정을 할 수가 없었다. 아니라고 말하려다가, 한순간 내 삶에서 그가 빠진 모습을 떠올리니 ― 너무 헛헛하고, 허전했다. 그래서.

"뭐래. 나 간다."

그래서 그냥 '응'도 '아니'도 아닌 말로 그를 보냈다. 그리고 그도 딱히 묻지 않았다. 내가 무엇을 원하는지, 그래서 그는 어떻게 생각하는지, 우리는 무엇인지에 대해서. 한결같이 나를 응원하고, 필요할 때마다 5분 대기조로 함께 있어 주는 것. 그게 다였다.

결정적인 사건은 시간이 더 지난 다음 벌어졌다. 매월 7,000~8,000만 원은 나름 안정적으로 벌게 됐다고 착각하고 있을 때였다. 매출이야 그랬을지 몰라도 수익을 까보면 고만고만했는데 겉멋이 잔뜩 들어 브랜드를 키우겠다고 까불고 다닐 때였다.

친구의 소개로 알게 된 사람들은 투자의 세계를 이야기했다. 보세 브랜드 시장은 한계가 있다면서 브랜드를 만들려면 제작을 해야하고, 제작을 하려면 투자를 받아야 한다고, 그들은 말했다. 나는 그 말을 철석같이 믿었고 조금 무리를 해서 무슨 협회인가에 가입을 했다. 요구하는 조건들, 참석해야 하는 일정들이 더럽게 많아서 쇼핑몰 관리에 소홀해졌지만 어쩔 수 없다고 생각, 했었다. 더 멀리 가기 위해서 이 정도는 감수해야 한다고. 통장에 찍히는 돈들이 줄어들고 있었지만 그 정도야 기획전 몇 번이면, 세일 몇 번이면 메꿀 수 있으니까 ― 괜찮다고 생각했다. 그래서 LA에서 열리는 투자모임에 참석하자는 말도 거절할 수 없었다.

　비행기표부터 머무는 기간까지 그 모임이라는 것에 드는 돈이 꽤 — 아니 지금 생각해도 터무니없이 비쌌지만. 이제 와서 발을 뺄 수도 없으니 나는 그 제안을 수락해버렸다.

"꼭 가야 돼?"

"당연하지 일 키우려면 필요해."

"너 별로 안 기뻐보이는데."

"무슨 소리야, 나 완전 기뻐. 이건 기회라고."

　공항에 데려다주면서 그는 물었고, 나는 단호하게 답했었다. 그맘때 피부도 푸석해졌고 스트레스도 받았지만 그의 착실한 충고를 나는 귓등으로도 듣지 않았다. 성공한 사업가들은 다, 남들이 말리는 모험에 뛰어드는 사람인 법이라고 나를 위로했다.

"잘 다녀와."

　캐리어를 끌고 들어가는 나에게 그는. 그 착한 눈동자로 끝까지 걱정 어린 당부를 했다.

"미국 도착하면 연락하고."

　대답 없이 그냥 손을 흔들면서 나는 얼마나 화려하고 멋진 시간이었는지 말해주리라고 다짐했던 것도 같다. 그리고 그 모임이라는 게 투자자들은 한 명도 없는, 나 같은 호구들에게 돈을 뜯어내기 위한 신기루였다는 것을 깨달았을 때. 딱 기대했던 만큼으로 비참했다. 정신을 차리고 계산을 해보니 날려버린 돈과, 기회와, 시간이 숨을 조여왔다. 답변하지 않은 메일에 담겼던 기회들과 당연한 결과처럼 고개 숙인 매출 그래프, 답답하게만 생각했던 직원들의 표정이 눈덩이처럼 굴러와 나를 덮쳤다.

무슨 정신으로 한국에 돌아왔는지 모르겠다. 내가 흘려 보낸 시간들, 믿었던 사람들, 낭비한 돈들, 어디서부터 어떻게 회복해야 좋을지 모를 신뢰. 막막했다. 한강이 보고 싶었다. 멍하니 걸어 도착한 서강대교에서 주저앉아 내려다본 한강물이 참. 따뜻하게 보였다. 오늘이 마지막 날이라면 내일을 살지 않아도 되겠지. 골치 아픈 계산과 눈치싸움, 그만해도 되겠지.

[어디냐]

진동에서 느껴지는 온기가 벌써 누구인지 알려주는데, 확인하고 싶지가 않았다. 일어나고 싶어질까 봐. 여기서 끝나면 편할 텐데, 그 목소리에 힘을 얻어 걷고 싶어질까 봐.

[어디야]

그리고 울리던 줄기찬 진동. 그의 전화. 나는 이기지 못하고 전화를 받았고, 그는 훌쩍이는 내 목소리를 듣자마자 달려왔다. 가로등 불빛을 뒤로하고 달려오던 그 걸음. 주저앉은 내 앞에서 눈높이를 맞추며 앉은 그는, 나를 안고, 토닥였다.

그 품이, 아, 얼마나 따뜻했던지.

"알다시피 나, 아무것도 없어."

내 등을 쓸면서 한 마디씩 발음하던, 말, 말들.

"학벌이 잘난 것도 아니고, 지금 다니는 회사가 그렇게 좋은 것도 아니야. 그래도 나. 네가 필요하다고 하면 언제나 옆에 있어 줄 수 있어."

울지 말라고 했더라면. 차라리 왜 우냐고 물어왔으면 그렇게까지 설움이 터졌을까. 나는 그에게 매달려 아이같이 엉엉 울었다.

"울지마. 아니, 실컷 울어. 괜찮아. 울고, 다시 해. 다시 마음 잡고 하면 돼."

지금 생각해보면 그게 한강물까지 바라볼만한 일이었나 싶은 별 것 아닌 일이지만. 식어버린 파스타를 앞에 두고 멍하니— 우리의 그랬던 날들을 되짚어본다. 그리고 내가 잊고 있던 가장 중요한 사실을 떠올렸다. 꼭, 그여야만 했던 이유를. 그 조약돌만 한 일 앞에서도 쉽사리 무너지는 내 곁에 있어 줬던 사람. 지금까지 걸어올 수 있게 그 발판이 되어준 사람.

문득, 그날 다리 위에서 느껴지던 그의 품이 못 견디게 그리워졌다.

하얗게 입을 다문 안방 문을 다시 쳐다본다. 그는 아마 침대 위에서 화를 삭이기 위해 뒤척이고 있을 것이다. 그렇게 매번. 서운함을 다독이는 일까지 혼자 감당하게 한 것이 못 견디게 미안해졌다.

까치발로 살금살금 걸어가 안방 문을 두드린다. 뭐라고 화를 내도 몇 번이고 미안하다고 팔을 벌려야지. 미안하고, 그리고 고맙다, 고맙다고 말해야겠다.

버킷리스트

한 번의 삶, 하나의 선택.

뉴욕을 다시 밟는 것은 오랜 소원이었다.

왜, 라고 하면 이유는 단순하다. 혹시나 어린 날 묻어둔 에너지를 좀 나눠 받을 수 있을까 싶어서. 기억하기론, 이 도시는 '적당히'라는 것과 거리가 멀었다. 내가 날뛰면 날뛸수록 이 끝없는 도시는 더 엄청난 곳으로 나를 이끌곤 했다. 그때의 기억이 나에게 어떤 원동력이 되는 것이다. 철 지난 음반을 재생하며 황금기를 추억하는 옛 가수처럼. 나에게 뉴욕은 한창 때 인기가요 1순위 하던 히트곡 같은 존재였다.

JFK에서 맨하탄으로 향하는 한 시간 동안 나는 그날 우리가 듣던 음악을 부탁했다. 한인 택시기사는 한국인의 낭만을 이해한다는 듯 선선히 블루투스를 맞춘다. 벌써 언제지. 걸어가면서도 춤을 추던 철없던 날에 늘 배경으로 깔리던 곡이다. 그랬다, 그런 일이 있었다, 고 함께 끄덕여줄 대상이 철 지난 가요뿐이지만. 그것도 그런대로 괜찮다고 담담한 체념을 할 수 있는 걸 보면 확실히 어른이 되고도 남았구나. 그때 함께 샴페인을 까고 코카인을 들이마시던 아이들은 어디에 있을까. 그날의 호기로움처럼 그들의 원더랜드를 세웠을까, 아니면 그냥 나처럼, 그럭저럭 1인분의 몫을 하며 살아가려나.

시티의 스카이라인이 가까워질수록 ― 흘러버린 시간에 대한 딱딱한 현실감으로 뒤엉킨 마음이 두근거렸다. 7박 8일. 큰 프로젝트를 끝낸 후 선언한 휴가였다. 다들 각자의 휴양지를 꿈 꾸던 터라 모두 쌍수 들고 환영이었다. 스타트업을 시작하고 1년 반. 가족들이 실종신고 하겠다고 할 만큼 일에 파묻혀 살았다. 무엇을 위해, 어디로 가나 의문이 들 때마다 모니터로 고개를 돌렸다. 서른을 코앞에 두고 시작한 도전에, 무슨 딴짓을 할 수 있었을까. 이 분야에서의 성공. 경주마처럼 그 하나만 보면서 이런저런 소리들은 외면했다. 가끔, 누구에게도 터놓지 못할 업무 스트레스로 쓰러지고 싶은 새벽이면 — 책상 맨 위 서랍에 넣어 둔 버킷리스트를 꺼냈다. 빼곡히 적어 내린 별 것 아닌 소원 목록들을 보면 마냥 마음이 녹았다. 하이라인 파크에서 한 시간 동안 노을을 바라보기, 처음 갔던 헬스키친의 펍을 찾아가 '헤이'가 아닌 '익스큐즈 미'로 주문하기. 포트 어포리티 앞에서 처음 만나는 홈리스에게 백 달러 쥐어주기. 한 문장을 읽을 때마다 그 순간을 상상했다. 냄새는 어떨까, 그 소리는, 그 배경에 스쳐가는 사람들은. 그들 특유의 성격처럼 박수를 칠까, 무심히 지나칠까, 누군가를 만나게 된다면. 그 사람은 어떤 사람일까. 여행지에서 만나는 낯선 사람과의 칵테일 한잔도, 좋겠다. 아니, 칵테일은 너무 가벼우니까 위스키가 좋겠다. — 라고 한 줄을 적어 내리고서 가만히 바라보고 있으면. 마치 그 문장이 내일의 스케줄이기라도 한 듯 설렘이 한바탕 출렁이곤 했다.

지칠 법도 한데. 아무리 그래도 로봇도 아니고 사람이 어떻게 그렇게 일만 하냐는 말을 많이 들었다. 하지만, 지금에서야 돌아보면 견딜만했다. 아마도 내 목표지점이 너무 명확했기 때문이리라. 네 명의 팀원들에게 딱 1년만 고생하면

글쓰는 일만 하면서 세계여행 할 수 있게 해주겠다고 한 약속을 지켜야만 했다. 변변한 보수도 줄 수 없는 악바리 대표를 믿어주는 그들을 생각할 때면 — 거설을 당해도 다시 일어날 힘이 났다. 사람들이 좋아할 만한 플랫폼을 만드는 것은 결코 쉽지 않았지만, 결국 우리는 마음만 먹으면 200만 명에게 도달할 수 있는 둥지를 만들어 냈다.

"이제 거의 다 왔네요."

"감사합니다."

택시 문을 열고 아스팔트에 발을 내딛는다. 일주일 여행 온 사람치고는 캐리어가 좀 작다. 아저씨가 도와주지 않으서도 충분히 꺼낼 수 있었는데 친절한 그는 굳이 운전석에서 내려 캐리어를 꺼내고 뒷좌석을 열어주었다.

"여기서 계속 머무는 거예요?"

"네. 아마도요."

"처음은 아니죠?"

"네. 오랜만이라 반갑네요."

"시간이 나면 건너편 새로 생긴 호텔 라운지도 가봐요. 요즘 많이 가더라구."

"감사합니다."

아스팔트를 튀기며 노오란 택시가 지나간 자리에 그 호텔이 서 있다. 나는 잠깐 눈을 감고 심호흡을 한다. 몇 번이고, 몇 번이고 사진 속에서 되새김질하던 곳. 나의 [버킷리스트 - 호텔] 차트에 가장 먼저 들어섰던 곳이다. 빨간 벽돌에 담쟁이가 넝쿨져 올라간 모양새가 여느 가정집과 다르지 않지만, 허리께쯤 오는 금색 철제문을 열고 들어서면 벨보이가 달려온다. 그러면 나는 작은 캐리어와 함께 10$을 팁으로 건넨다. 천만에요, 내 기쁨이에요 라고 말하면서. 아, 이 순간을 얼마나 여러 번 상상했던가.

한쪽 벽면이 수풀로 우거진 로비에는 자유와 활력이 넘친다. 장난기 넘치는 미소로 나를 맞은 호텔리어에게 예약명을 말하자 활짝 웃으며 키를 넘겨준다. 514호. 어쩜, 호수까지 마음에 쏙 든다.

"고마워요."

"즐거운 여행 되시길 바라요. 아, 오늘의 행운을 뽑아보지 않으실래요?"

그녀는 와인빛 융단 위에 놓인 항아리를 가리켰다. 포춘 쿠키 같은 건가?

갸우뚱하는 내 앞에서 금빛 항아리는 행운의 여신이 하는

윙크 마냥 반짝인다.

손을 내밀어 쪽지 하나를 꺼내고 펴보려는 찰나,

"메시지는 방 안에서 확인하세요. 행운을 빌어요!"

재미있는 인사네. 언젠가 써먹어야지 생각하며 엘리베이터에 몸을 실었다. 천천히 바뀌는 빨간 숫자가 5에서 멈추고, 카페트가 깔린 오리엔탈 풍의 복도가 나타난다. 중간중간 창문을 통해 들어오는 첼시의 햇살이 — 그 틈으로 떠다니는 먼지까지 아름다워 보이게 할 만큼 곱다. 열네 번째 방 앞에서 카드를 대니, 벨소리 같은 전자음과 함께 문이 열렸다. 그렇게 나는 꿈에 그리던 나의 완벽한 휴가에 첫 발을 내딛었다.

몸을 알맞게 받쳐주는 푹신한 침대에 앉아 닫힌 창문 사이로 들릴 듯 말 듯 한 차들의 클락션을 듣는다. 마음을 다독여주는 진한 청록색 벽지와 앙증맞은 분홍 꽃이 놓인 협탁. 세련된 블루투스 스피커 옆에 믿음직스럽게 놓인 캡슐 커피 머신까지. 믿을 수 없을 만큼 꼭, 같은 모양새로 펼쳐진 모습에 나는 잠시 할 말을 잃는다. 이 완벽한 오후에 또 어떤 행운의 메시지가 필요할까. 나는 클러치를 열어 로비에서 받았던 종이쪽지를 펼쳤다.

[한 번의 삶, 하나의 선택]

나는 두어 번 글을 따라 읽는다.

한 번의 삶. 하나의, 선택.

아리송한 말이다. 좋아할 수도, 싫어할 수도 없는. 그래도 기억해둘 만한 가치는 있겠지 — 나는 무심히 쪽지를 접어 다시 클러치 안에 넣었다.

예전의 나라면 호텔에 들어와 짐을 내려놓기가 무섭게 바깥으로 뛰어나갔을 터다. 세상은 배우고, 흡수할 것 투성이고 나는 그 엄청난 소음에 나를 내맡길 준비가 늘 되어 있었으니까. 하지만, 서른 중반이 된 나에게 도시는 흡수보다 관찰을 위한 곳이 되었다. 그 무한한 에너지에 반응하는 나 자신을 더 관찰하는 일이 더, 흥미로워졌달까. 진짜 내 목소리에 따라 움직이는 일이 가장 자유로운 곳은 사무실도, 오랜 친구의 집도 아닌 낯선 도시였다.

편안한 복장으로 갈아입고 하이라인 파크를 걷다가, 마음에 쏙 드는 수첩 두어 개를 사고 노을이 잘 보이는 벤치에 앉았다. 예전에는 역해서 잘 먹지 못했던 할랄을 베어 먹으며 상상했던 버킷리스트에 밑줄을 긋는 짜릿함을 맛본다. 돌아오는 길, 주황빛으로 빛나기 시작한 엠파이어 스테이트를 보며 생각했다. 저녁은 그렇다 쳐도 칵테일 한잔은 해야지. 행운이 또 무슨 기막힌 일을 준비하고 있을지 모를 일이다. 택시 아저씨가 말해 준 호텔의 장소는 잘 기억하고 있었다. 예전에도 무슨 클럽인가가 있던 곳이었는데. 시간이 지난 지금은 또 어떨는지.

샤워를 하고 만약을 대비해 챙겨왔던 심플한 원피스를 꺼내 입었다. 왠지 들뜬 기분으로 로비를 나섰다. 새로운 라운지 바가 있는 호텔은 내가 묵고 있는 곳에서 15분 거리에 있었다. 따로 마련된 라운지 바 전용 엘리베이터의 통유리는 신속하고 쾌적했다. 엠파이어 스테이트 빌딩의 꼭대기가 잘 보이는 뷰와 고급스러운 인테리어는 흠잡을 곳이 없었다. 역시 현지인의 추천만한 곳이 없군.

시티 뷰가 잘 보이는 바 테이블에 걸터앉아 위스키를, 아니 시작은 마티니가 좋을까 고민하고 있는데.

"오늘은 주황색이네요."

"네? 아. 빌딩이요."

낯선 이는 자연스럽게 한국말로 말을 걸었고, 나 역시 스스럼없이 한국말로 답했다. 타국에서 자유로운 남녀 두 명이 같은 언어로 대화를 나누는 우연에 엄청난 낭만을 부여

할 나이는 예전에 지났다. 또, 어찌 보면 이곳만큼 한국인을 자연스럽고 쉽게 만날 수 있는 곳도 또 없는 법이니.

"주황색이 무슨 뜻이었더라."

"뜻도 있어요?"

"그럼요. 아, 기억났어요. 특별한 만남."

80년대 추파 같은 멘트가 촌스럽긴 했지만, 심플한 원피스를 입은 여성에게 피나콜라타가 아닌, 맥켈란 한잔을 주문해줄 만큼 확실히 그는 매력적인 남자였다.

"그럼 오늘 도착한 거네요?"

"네. 맞아요."

"뉴욕 여행을 혼자 오다니. 대단한데요?"

"처음이 아니니까요. 사실, 제 버킷리스트였어요."

"뉴욕 여행이?"

"음⋯. 아뇨, 제가 이루고 싶은 꿈 이루고 좀⋯ 호기로운 기분으로 이 땅을 밟는 거."

세 번째 잔을 주문할 때쯤, 우리는 꽤 가까운 거리에서 살아온 삶을 이야기하고 있었고 나는 그가 LA에서 회사를 운영하고 있는 중국계 한국인이라는 것을 알게 됐다. 법률적인 용어를 가끔 섞어서 이야기하기에, 네, 네. 건성으로 고개를 끄덕였다. 그런 것은 별로 중요하지 않았다. 중요한 건, 오늘 우리의 이야기가 어느 장소에서 끝날 것인가, 정도.

"조금 많이 마신 것 같아요."

세 번째 잔이 비어갈 때쯤 나는 반쯤 기지개를 켜며 말했다.

"요즘에는 로우 맨하탄에도 괜찮은 바가 많아요."

"아니요, 이 잔 마실 때까지만 더 이야기해요."

사실 아직 확신이 서지 않았다. 매력적인 사람이 꼭 좋은 사람을 의미하지는 않는다는 것을 짧지 않은 삶을 통해 배웠기 때문에. 순간 나는 오늘 낮, 이 도시에 도착했을 때의 메시지를 떠올렸다.

"오늘 체크인을 할 때 로비에서 쪽지를 뽑으라고 하더라구요."

"쪽지요?"

"네. 행운의 쪽지. 유치하죠?"

"재밌는데요. 뭐라고 적혀 있었어요?"

한 번의 삶, 하나의 선택. 은은한 조명을 받아 빛나는 그의 건강한 치아를 보며 나는 아주 조금, 침을 삼켰다. 어린 날의 나처럼 모험심을 발휘하는 편이 좋을지 모른다.

"궁금해요?"

웃으며 그에게 다가간 나는, 속삭인다.

"제 방에서 한잔 더 어때요?"

길. 어둠이 내린 뉴욕의 1층은 어딘가 모르게 촉촉하다. 담배꽁초와 네온사인이 널부러진 길을 만난 지 몇 시간 되지 않은 남자와 걷는 기분이, 묘했다. 그대로도 좋았지만, 그는 질문을 이어갔다.

"호기로운 기분으로 걸으니까, 어때요?"

"날아갈 것 같아요. 좋잖아요, 뉴욕의 새벽."

그는 알쏭달쏭한 미소를 지었다. 먹잇감을 가지고 노는 고양이, 아니 호랑이라고 할까. 그런 미소를 본 적이 있다. 어디서였지. 순간 나는 궁금해졌다. 이 남자는, 이 새벽에, 여기서, 왜, 이러고 있는 걸까.

"버킷리스트. 있어요?"

"버킷리스트라… 집에 양동이는 몇 개 있긴 한데."

"안 그래도 충분히 재밌으니까. 이야기해줘요."

"사실 저도 뉴욕에 도착한 지 얼마 되지 않았어요."

"언제 도착했는데요?"

"오늘."

"네?"

화들짝, 까지는 아니더라도 놀라는 내 모습에 그는 웃으며 말을 잇는다.

"버킷리스트는 아닌데… 오면서 생각했어요. 좋은 사람을 만나고 싶다."

그는 내 어깨를 감싸고 주름진 미소를 지으며 말했다.

"…그리고 그 사람과 뉴욕에서 가장 맛있는 아침을 먹어야지."

"로맨틱하네요."

그윽한 눈빛으로 나를 바라보던 남자는 내 이마에 가볍게 입을 맞추었다.

이 상황이 꽤나 매력적으로 느껴져야 옳은데. 어딘가 부족한 느낌이었다. 뭘까, 영혼이 없는, 어차피 하룻밤 인연에 영혼이라는 게 있을 턱이 없지만, 최소한 침대에서의 판타지에 대한 열정, 조차 없는 느낌. 엘리베이터의 버튼을 누르기 전에 나는 습관적으로 클러치를 열어 키를 찾았다. 늘 차 키를 잊어 애먹는 덤벙거림이 남긴 오랜 습관이다. 뒤적이는 클러치 속에서 찾는 키는 나오지 않고 쪽지가 떨어졌다.

[한 번의 삶, 하나의 선택.]

"이거예요, 그 쪽지가?"

"아, 네."

나는 엉거주춤 쪽지를 주워들며 말했다. 왜.

오후에는 '선택'이라는 단어가 그렇게 크고 매력적으로 보였는데 지금은. 삶. life, 네 개의 알파벳이 또렷하게 보이는지 모르겠다.

"미안해요."

기대 가득한 얼굴에 대고 말하기에는 조금 미안했지만, 나는 바뀐 마음을 뱉을 수밖에 없었다.

"왜요?"

왜냐하면, 왜냐하면. 이대로는 도저히 그를 안을 수 없다. 하나의 선택에 달려있는 삶의 무게가, 갑자기 너무 크게 느껴지는 것을.

나는 뻔한 말로 그 마음을 담았다.

"맛있는 아침은. 내일 만나서 먹어요."

후회, 하지 않았다면 거짓말이겠지만. 돌아온 방 안에서 샤워를 하고 쓰러지듯 잠이 들었다.

처음도 아니고 끝도 아닐 만남이다. 하지만 신경이 쓰이긴 했는지 선택과 삶이 적힌 문을 수도 없이 여닫는 꿈을 꾸었다.

문이 열리고 닫히는 소리, 중간중간에 사이렌 소리가 끼어든다.

비명 소리인가? 참 요란한 꿈이라고 생각했다. 하지만 난데없이 방안을 왕왕 울리는 뉴스 소리에 눈을 뜰 수밖에 없었다.

'어제 새벽, 호텔 앞에서 살인 사건이 발생해….'

나를 깨운 CNN 방송의 속보에는 호텔 로비 앞 CCTV 화면이 흘러나오고 있었다. 낯익은 트렌치코트의 남자. 그가 로비를 나온 여성을 끌고 간다, 여성이 거부하자 남자는 주머니에서 꺼낸 물체로

찌르고, 또 찌르고.

쓰러진 여자에게서 흘러나오는 피에서 눈이 멈춘 나는 입을 손으로 가렸다.

커피

"반갑습니다."

선생님은 나이 지긋한 중년의 아저씨다. 뭐 하나에 꽂혀 평생을 바친 사람들의 공통점이 그에게도 고스란히 박혀있다. 고집스럽고 자신감이 넘치며 할 이야기가 정말 많고 그 말에 귀 기울여주는 사람들에게 모든 것을 바칠 준비가 여실히 되어 있다. 지루할 법한 길고 긴 서론이 그의 열정으로 인해 조금은 견딜 만했다.

"그럼 출석을 불러볼까요?"

열두 명의 수강생은 하나하나 손을 들었고 신기할 정도로 모두, 여자였다. 무심코 문 열고 들어가는 동네의 카페들에서는 으레 남자 바리스타가 인사하곤 했는데. 이렇게나 여자가 많다는 것이 아이러니하다.

드르륵 —

이름 세 글자와 다소곳한 '네'가 전부였던 공간에 낯선 소리 하나가 끼어든다. 모든 시선이 방금 문을 열고 들어온 청년에게 꽂혔다. 그는 민망한 듯 뒷목을 쓸더니 누구에게일지 모를 사과를 했다.

"늦어서 죄송합니다."

선생님은 눈살을 찌푸리려는 듯 고개를 돌리다가 깎아놓은 밤톨 같은 청년을 보고는 너털웃음을 지었다.

"유일한 남학생이네요."

촌스럽게도 그는 여자가 한가득한 방 안에서 동일한 남성을 만난 것이 반가운 눈치였다. 어쩔 줄 모르는 표정으로 작달막한 강의실을 두리번대더니 창가 옆, 앞에서 두 번째 자리를 가리켰다.

"저쪽에 앉으세요."

남학생은 머쓱하게 걸어와 그 깔끔한 뒷목을 보이며 앉았다. 내 앞자리였다. 세 명이 충분히 앉을 수 있는 넉넉한 책상이었지만 수강생들은 하나같이 책상당 한 명씩 차지한 지 오래였다. 그가 창가쪽 의자를 택해 앉은 덕분에 나는 새로운 옆 얼굴을 힐끔일 수 있었다.

일부러 그런 건 아닌데 — 가방을 꺼내고 설명을 받아 적는 손가락이 참 예쁘다는 생각을 했다. 남자 손이라고 하기엔 너무 예쁘다. 햇살을 받아 반짝이는 하얀 손이 부지런히 움직이는 모양새가 신기했다.

너무 뚫어져라 쳐다봐서일까? 그가 슬쩍 돌아보았다. 나는 화들짝 놀라 처음부터 스크린만 보고 있던 척을 한다. 얼굴이 화끈거렸다.

* * *

수업의 패턴은 일정했다. 이론을 한 시간 공부하고, 여러가지 실습을 한다. 원두의 향을 맡고, 드립을 내리고, 스팀하는 법을 배우고, 배우고. 실제로 하는 것보다 큰 배움은 없다고, 눈으로 볼 때와 실제로 하는 것은 정말 달랐다. 그리고 그 다름이 참, 재밌었다.

이제 막 원두와 로스팅의 중요성을 뼈저리게 깨달을 무렵, 수업을 마치고 나오는데 — 비가 내리고 있었다. 하나둘씩 우산을 펴고 회전문을 나선다. 줄곧 내리는 비를 바라보며 어쩔 줄 몰랐다. 우산이 없었다. 하늘이 우중충하긴 했지

만 원체 일기예보를 안 보는 성격인지라, 챙길 생각일랑 하
지도 못했다.

"우산… 안 가져 오셨어요?"

낮은 목소리가 들렸다. 고개를 돌린 곳에 청일점 남학생
이 있었다.

"아, 네. 칠칠맞게 깜빡했네요."

"댁이 어디 쪽이세요?"

"멀어요. 홍대 쪽이에요."

"어? 저 망원동 살아요."

"네? 정말요?"

주말이면 부러 시간을 내어 걸어가곤 하는 동네였다. 그
한적한 골목과, 특히나 날 좋은 오후면 한강까지 속 시원히
보여주는 루프탑 카페가 있어 좋았다. 그 애정하는 지명이,
아직은 낯선 사람을 통해 들려지는 것이 놀라웠다. 나는 좀
얼빠진 표정이었으리라.

"데려다 드릴게요."

그는 황급히 우산을 펴고 계단을 내려갔다. 아니요, 괜찮
아요. 라고 할 새도 없이 중간쯤 주차된 하얀 차에 라이트가
들어오고, 삐빅 문이 열리고, 반 바퀴를 돌아 내 앞에 섰다.

"괜찮은데…."

멈춰 선 차에서 까만 우산이 펴지고, 남학생은 또 열심히 계단을 오른다. 그 모습이 미안하고, 고마워서 나는 손 우산을 펴고 내려갔다.

"내가 내려갈게요!! 그냥 있어요!"

"아니 비 오는데 왜 내려오셨어요."

열 두어 개도 채 되지 않는 계단 중앙에서 남학생의 우산 그림자에 들어선다.

"저 정말 괜찮은데…."

"저도 정말 괜찮아요."

우물쭈물하는 내 발걸음이 우산 그림자를 따라 내려섰다. 차에서는 비 맞은 나무향이 났다. 흙, 약간의 시트러스, 싱그러운 이파리가 돋기 시작한 튼튼한 나무.

"다 젖었어요, 그러게 왜 내려와서."

남학생이 운전석에 올라타자 은은하던 나무향이 차 안을 꽉, 채울 만큼 무성해졌다. 차 안의 방향제와 이 사람의 향수가 같은 향이라는 것을 그제야 깨달았다. 공기와 체취의 힘이라니.

"그쪽이 더 많이 젖었어요. 미안하게."

"전 남자잖아요."

"뭔 소리예요. 2020년에."

남학생은 내 즉각적인 대답에 폭소했다. 서커스에 나오는 인형 같은 웃음이었다, 보고 있으면 따라 웃지 않고는 배길 수 없는.

"재밌는 말이네요."

"남자니까 괜찮다는 말이 더 재밌어요."

목적지에 서교동으로 시작하는 번지수를 적고 이따금 움직이는 와이퍼 속도만큼 수다를 떤다.

"저 사실은…."

"네."

"처음 봤을 때 외국에서 오신 줄 알았어요."

"외국이요?"

"뭔가 모든 걸 낯설어 하는 느낌이라서."

"오… 그런 말은 처음이네요."

"2020년에. 그렇죠?"

풉 -

뭐야, 유치하게.

입을 가리고 웃었지만 눈주름이 적나라하게 잡히는 큰 웃음이었다.

생각보다 재밌는 사람이네.

비 오는 거리를 달리면서 시시콜콜, 별 것 아닌 이야기와 웃음이 끊이질 않았다. 재고 따지고 눈치 보는 소개팅들과는 많이 달라서 — 그 편안함이 나를 더 자주, 더 크게 웃게 했는지도 모른다.

"고마웠어요. 아….."

순간 이름이 기억이 안 났다. 그렇게 실컷 웃어놓고. 얼굴과 이름을 매칭해서 부르는 건 진짜 젬병이다. 뭐라고 불러야 할지 몰라 한쪽 손을 내민 채 멍하게 있는 나를 빤히 보더니, 입꼬리를 밝게 올리며 내 말을 이어준다.

"저는 권진우라고 합니다."

"고마워요 진우 씨, 데려다줘서. 또 칭찬 해줘서."

"같은 동네인걸요 뭘. 다음 주에 봬요."

그 후로도 그는 서너 번 — 나를 집 앞까지 데려다주었다. 한 번은 내가 수업이 끝나고 바로 약속이 있었고, 또 한 번은 그가 장례식에 가야 했고, 두어 번은 그가 차를 가져오지 않아 지하철을 탔다. 그래도 거의 매번의 귀가를 함께하다 보니 간단한 정보들을 교환하게 됐다. 그는 내가 4년간 몸

담았던 회사를 관두고 카페 창업을 준비하는 서른의 철부지라는 것을 알게 됐고, 나는 그가 정읍에서 상경해 커피를 배우는 꿈 많은 스물여덟이라는 걸 알게 됐다.

"용감하다, 서울까지 이사도 오고."

"회사를 나오는 게 더 대단한데요."

"누구나 할 수 있는데, 뭘."

"생각만 하죠, 누나처럼 행동하는 사람 별로 없어요."

말하고 나서 그는 아차, 싶은 표정으로 되물었다.

"누나라고 해도 되죠?"

그 모습이 사뭇 귀여웠다. 솔직히는, 잠시 동안 눈을 떼지 못했다. 그래서였나. 그래서 잠깐 필터링을 거치지 않은 질문이 나왔던 걸까.

"여자친구 있어요?"

집 앞에 들어서는 우회전 깜빡이가 채 꺼지기도 전이었다. 미쳤어. 나는 입을 틀어막았다. 그걸 왜 말해 술도 한잔 안 마시고. 5초도 되지 않는 침묵이 끔찍했다.

"음… 저는…."

사이드 브레이크를 밟으며 진우는 입을 열었지만, 나는 조수석 문을 벌컥 열었다.

"대답 안 해도 돼요, 미쳤나봐. 안녕! 고마워 태워줘서!"

창피해.

그날부터 2주간은 이불킥을 서른여덟 번쯤 했나보다. 수업에서 마주쳤을 때도 진우는 여느 때와 다름없이 싱긋 웃었고 나 역시 무슨 일 있었냐는 듯 행동했지만. 평소와 다름없이 대하려고 노력할수록 심장소리가 신경 쓰이는 것이 짜증났다.

* * *

3개월은 길고도 참, 짧은 시간이다. 12주의 시간이 그럭저럭 쏜살같이 흐르고 나니 5월이었다. 개나리와 벚꽃이 번갈아 피고 지더니 이제는 여름이 기지개를 켜는 참이다. 선생님은 쫑파티를 하자고 했다. 참 그다운 단어 선택이다. 쫑파티라니.

마지막 수업이 끝난 후 수강생들은 우르르 이태원의 술집으로 몰려갔다. 나는 맨 뒤에서 천천히 걸었다. 어차피 해야 할 왁자지껄 너스레를 벌써부터 하고 싶지 않았다.

"마지막이네요, 벌써."

진우 역시 그랬던지, 아니면 혼자 남자라 뻘쭘했던지 멀찍이 걷다 보니 또, 둘이었다.

"그러게. 시간이 참 빨라."

"올봄에는 여자친구 생길 줄 알았는데."

얼마 전 생각 없이 던졌던 질문이 떠올라서 나는 얼굴이 확 달아올랐다. 미쳤어, 침착하자.

"그런 꿈도 있었어?"

"누나 생각보다 눈치 없네요."

눈치 없다고? 쪼끄만 게 놀리는 건가 발끈하려던 차에 애교 넘치는 목소리가 끼어든다.

"언니~~ 잘생긴 오빠 혼자만 데려가기 있어요?"

수업에 활기를 불어넣는 익숙한 목소리 ― 가장 막내인 현지였다. 밝고 붙임성이 좋은 터라 수업 내내 분위기 메이커인 현지는, 참 예뻤다. 그 나이만 가질 수 있는 싱그러움이 말 한 마디 한 마디에서 묻어나서일까.

"어머 딱 들켰네."

"언니랑 오빠랑 진짜 친한가봐요."

우리는 둘 다 말이 없었다. 뭐라 말해야 좋을지 몰라 나는 의미 없는 말을 중얼거렸다.

"그냥 집이 좀 가까워서 그렇지."

"우와~ 동네주민! 짱부럽다~ 그럼 오빠 어디 살아요?"

민망해진 나는 부러 앞서가던 무리에 까르르 끼어들었다. 그녀들은 강남에 새로 생긴 카페들 분위기가 좋다며 요새는 인테리어도 잘 알아야겠다는 굉장히 건설적인 이야기 중이었고 나 역시 그 주제가 흥미로워서 자연스럽게 술자리에서도 그녀들과 함께 자리를 잡았다. 술잔이 몇 차례 돌았을 무렵, 나는 눈으로 진우를 찾았다. 나와 가장 반대편 끝에서 현지와 아주 새살림을 차린 모습이 딱 들어왔다. 진우가 멋쩍은 듯 이야기를 하고 현지는 박수를 치며 개그맨도 울고 갈 리액션 메들리를 보이는 중이었다. 나는 괜히 앞에 놓인 소주 한 잔을 원샷했다.

"어머, 자기 오늘 달린다?"

서른두 살 언니 하나가 내 모습을 보더니 모두의 잔을 채운다.

"혼자 그러기 있나. 자, 다 같이 짠!"

가운데 앉아있던 선생님은 벌써 거나하게 취해서 코가 붉다. 양쪽 테이블에서 번갈아 건배를 하더니 꼬부라진 목소리로 들던 중 반가운 제안을 했다.

"자자, 좀 섞어 앉아요, 한 자리에서만 마시면 뭔 재미예요."

"그럼 나도 저쪽 테이블로 좀 가볼까~"

"새 안주 나온 테이블이 짱이지."

옆자리와 앞자리에 앉았던 언니들이 술잔을 들고 일어섰다. 일어설까 말까 망설이는 내 옆에, 소주잔이 놓인다. 익숙한 손가락이 눈에 들어왔다.

"누나."

알싸한 알콜이 심장 어디에선가 울렁였다.

"많이 마셨어요?"

"아니."

현지와 웃고 떠드는 모습이 생각났다. 인상이 구겨졌다.

"얼굴 빨개졌어요."

"나 좀만 마셔도 원래 그래."

나는 혼자 망상에 빠지기 시작한 머리를 식히러 눈앞의 잔을 비웠다.

"천천히 마셔요."

뭔 상관이래. 나는 고개짓으로 네네 하긴 했지만 애써 진우를 쳐다보지 않으려 했다. 술기운이 살짝 오른 그 눈을 바라보면 또 무슨 헛소리를 할지 몰랐다.

"누나, 천천히 마셔요."

미쳤나봐. 나는 주변에 앉은 사람들이 오해할까 걱정이었다.

"언니~ 저랑은 한잔도 안 했죠!"

발랄한 목소리가 앞자리에서 낭랑하게 울렸다.

"어머 오빠는 자리 옮긴다더니 여기 와 있네!"

섭섭하다는 듯 눈을 흘기는 모양새가 남자친구 단속하는 여자친구다. 속이 또 부글부글 끓어 오른다.

진우는 별 말이 없었다. 새로 자리를 잡은 옆 테이블들은 반갑다고 건배를 하며 와자지껄한데 — 셋이 앉은 테이블만 적막한 것 같아 민망했다. 싸한 분위기가 못내 불편했다. 어떻게든 풀어보려는 현지의 눈치가 더, 어려웠다. 내가 깨야한다, 살짝 주름진 내 미간이 문제인 것이다. 나는 세 사람의 잔을 채웠다.

"짠 할까?"

헤헤, 웃는 현지의 보조개가 깊다. 예쁘다. 누가 봐도 예뻐할 미소다.

"예쁜 현지랑 마지막이라니 너무 아쉽네."

"에이 뭐예요 언니~ 언니가 더 예뻐요."

"말도 예쁘게 하네. 현지는 어디 살아~?"

"저 완전 가까워요! 이 바로 뒤에서 자취하거든요~"

'자취'에 힘을 주어 말하는 속이 빤했다. 딱, 나 스물 대여섯 때의 모습을 보는 것 같다. 외롭고, 기대고 싶고, 마음을 나눌 친구보다 공주님처럼 위해주는 오빠들에 더 목마른.

"자취하면 힘들겠다. 그렇지 않아?"

"힘들기도 하고 재밌기도 하고 그래요. 근데 밤에 집에 갈 때는 좀 무서워요. 골목이라….''

몇 마디를 나눌수록 더 확실해졌다. 이 아이는 관심과 사랑이 필요하다. 취해서, 취해서일까. 나는 오늘 큐피트를 해야겠다고 마음을 먹어 버렸다. 안 될 싸움에 상처받느니 포기하는 게 낫다. 몇 번째인지 모를 잔을 비우면서 현지에게 물었다.

"남자친구는 있어?"

"아 언니~ 없어요. 외로워 죽겠어요."

"그래? 진우는 어때?"

자르르한 펄이 현지의 눈에서 반짝였다. 둘의 눈이 마주쳤고, 진우는 잠자코 술잔을 들이키고 현지는 까르르 웃는다.

"아 언니 뭐예요~ 오빠가 싫어하잖아요!"

나는 가만히 진우를 돌아봤다. 내 눈에 약간은 — 노려보는 기운이 섞였을지도 모르겠다.

"그만해요."

"잘 어울리는데 왜."

"어딜 봐서요."

"나이도 딱 3살 차이고. 궁합도 안 봐 세 살인가 네 살인가는."

"재미없어요. 2020년에."

문득 그 비 오던 날이 떠올랐다. 처음. 꽤나 쿵쾅거렸던 그때의 마음.

"시간이 흘러도 변하지 않는 게 있는 거야."

분위기를 바꾸려고 해본 말인데 오히려 싸해진 것 같았다. 민망한 마음에 테이블 중앙으로 잔을 모으며 함께 건배를 청했다. 현지는 헤벌쭉 잔을 부딪치고 벌써 쭉 들이키는데 — 진우는 나를 한 번 못마땅하게 쳐다보더니 결국 잔을 들어 부딪친다.

"뭐야 여기 분위기가 왜 이래?"

"우리가 옆 테이블에서 연어 훔쳐 왔지~"

마침 나타난 언니들이 고마웠다.

"언니들 나 두고 어디 갔나 했네. 여기 앉아요."

나는 부러 진우와 나 사이에 언니들을 앉혔다.

"언니들이 연어 가져왔으니까~ 또 짠 해야지!"

"어머 애 오늘 완전 닐이네, 어떡해."

"쫑파티에 어울리게 노는 거죠, 자 다들 잔 채우시고~"

의미 없는 말, 말들을 나누며 잔을 채웠고, 시간은 술술 흘렀다. 옆 얼굴에 이따금씩 와닿는 시선이 느껴졌지만. 그러거나 말거나 술을 마셨다.

마지막 건배를 하고 나오니 새벽 두 시였다. 이렇게 늦게까지 술자리를 가진 건 ─ 참 오랜만이다. 술집을 나와 몇몇은 2차를 하러, 또 몇몇은 함께 택시를 타러 옹기종기 모이는데. 나는 길을 잃은 기분이었다.

'집에는 어떻게 가지.'

주책맞은 생각이 들기 무섭게 도리질을 했다. 집에 어떻게 가긴 뭘 어떻게 가, 애도 아니고 가는 길을 모르는 것도 아니고 혼자 알아서 잘 찾아가면 되는 거지. 혼잣말로 다그

처도 마음이 자꾸 널을 뛴다. 마지막 무리를 택시에 태우고 번호판을 확인한 진우가 나를 돌아본다.

"저… 누나."

비 맞은 나무향이 가까워 질 때, 마음에 느낌표가 켜지는 기분이었다. 주책도 방정이지.

"응?"

"오늘 갈 때…."

기대를 안 했다면 거짓말이다.

하지만 내 두 눈은, 또 그의 두 눈은 뒤따라 들려온 혀 짧은 목소리의 발원지로 향했다.

"오빠 현지 못 걷겠떠."

그래, 각자에게 어울리는 짝이 있는 법인데. 그 새 또 정신 못 차릴 뻔했다. 나는 이 늦바람의 주책에 마침표를 찍어야겠다고 다짐했다. 덕분에 즐거운 몇 달이었으니, 그걸로 됐다. 어찌할 바를 모르는 진우에게 나는 씩씩하게 말하며 고개를 돌렸다.

"잘 데려다 줘. 난 저 앞에서 택시 탈게."

"누나는 어떻게 가요!"

뭘 고민하는 거야. 서른씩이나 먹은 여자가 집 하나 못 찾아갈까 봐서.

"누나는 알아서 잘 갑니다~ 현지 무사 귀환시키도록!"

갈팡질팡하는 그 모습이 뒤에서도 느껴져서 신경이 쓰인다. 나는 서너 발자국 걸어가던 발걸음을 돌려 그에게 확인을 시켰다.

"알겠습니까?"

장난기 있는 웃음으로 군내 말두를 흉내 냈나. 나리가 곧 풀릴 것 같은 현지를 붙잡은 진우는 울상을 짓더니 갑자기 뭔가를 결심한 표정으로 손경례를 했다.

"넵 알겠습니다!"

나는 손을 흔들며 비탈길을 흔들흔들 내려왔다. 귀여워했던 남자애의 새로운 연애를 축하해줄 연륜은 된다.

그래도.

그래도. 소주를 너무 마셨나, 입맛이 썼다.

주말 저녁의 이태원은 지겹도록 택시가 잡히지 않는다. 봄바람이 따스하기에 망정이지 이 기분에 눈발까지 날렸다면 나는 정말이지 주저앉아 울어버렸으리라. 날도 좋은데 좀 걷자. 용산역 쪽으로 걷다 보면 뭐라도 하나 잡히겠지.

― 띠리링

엇 택시 잡혔나? 계속 켜두었던 어플 알람인가 싶어 부리나케 꺼내든 핸드폰 액정에는 메시지 두 개가 박혀있다.

[누나. 임무 완수했습니다.]

[어디 있어요?]

그 아이, 진우였다. 아이, 라고 하지만 그도 벌써 스물여덟. 술 한잔 거하게 한 주말 저녁에, 맨다리를 훤히 드러낸 스물다섯짜리 여자애를 자취방에 데려다주면서 마음 속에 꿈틀대는 생각이 조금도 없었을까. 아까부터 '나는 오빠가 좋아요'라는 눈치를 그렇게 열심히 보내던 여자애였는데. 지금 그 유혹을 이겨냈다고 알아달라는 걸까. 화면에 뜬 알림을 읽었지만 다시 주머니 속으로 핸드폰을 집어넣는다. 그런데. 어디서 보고 있기라도 한 건지, 집어넣기가 무섭게 벨소리가 꺼내 달라고 울려대기 시작한다. 얼씨구? 라고 생각했다, 생각했지만.

"여보세요."

"아, 다행이다. 아직 안 갔죠?"

"가는 중이야."

"거짓말."

애 좀 봐. 하지만 나는 '아니야', 라고 하지 않았다.

"누나 택시 안 잡히잖아요."

"아니야 금방 잡혀."

"저 지금 택시 탔어요. 있는 데로 갈게요."

나는 대답을 삼켰다, 아니, 사실 이렇게 무작정 달려드는 스포츠카같은 대담함에 뭐라고 답해야 할지 잊었다. 말려야 할까, 그대로 부딪혀버려야 할까. 내 묵묵함이 답답했던지 그가 다시 묻는다.

"왜 그래요. 알잖아요."

"알긴 뭘 알아."

"내가 무슨 생각하는지 알잖아요."

"…."

너가 무슨 생각하는데, 식의 말꼬리 잡기를 하고 싶지 않았다. 그건 너무, 유치하니까.

"오늘 진짜 이상했어요."

"뭐가."

"누나답지 않았어요."

말문이 막혔다. 게다가, 다음 말은.

"보고싶어요."

피식, 웃음이 났다. 나는 뭘 피하고 싶은 걸까. 그런데 이

망설임 없는 사람은 성큼성큼이다.

"갈게요. 만나요."

가던 곳에서 멈춰서서 위치를 말했다. 꼼짝 말고 기다려요, 라는 말에 남산 타워가 반짝반짝 웃는다. 혀 짧은 소리로 몸을 배배 꼬던 스물다섯 여자애를 두고 나에게 달려 온다니. 묘한 승리감이 든다, 아, 역시 나는 한참 유치한가보다. 어디선가 꽃향기가 나는 듯 했다.

마음의 소리

재희와 나는 농활에서 만났다. 우리의 역할은 잔디를 까는 것이었다. 동장님 개인 뒷마당의 보수공사였는데, 원칙적으로는 마을의 중대사인 모내기라거나 과수원 가꾸기를 해야 옳았지만 작은 시골 마을 최고 권위자의 걸걸한 주장에 반박하는 것은 어려웠다. 총 여섯 명의 학생들이 동장님의 잔디깔기에 동원되었고 공교롭게도 몽땅 남학생인데 나만, 여자였다. 홍일점이라고 박수 치며 좋아해야 할 법한데 과에서 제일 얄궂은 애들만 모아둔 팀이라 말 한마디에 다섯 번씩 놀림을 당해야 했다. 나를 약 올리기 위해 모인 사람들 같았다.

"나 정도 되니까 너희랑 놀아주지 정말."

혀를 내두르면, 한 명은 어버버 메롱을 하고 또 한 명은 여자못소리를 내며 따라 하고 한 명은 안 들려 안 들려 귀를 막는 식이었다.

"초딩들."

못 말린다고 고개를 절레절레해도 아랑곳않는 꾸준한 약올림에 두 손 두 발 다 들었다. 하지만, 나쁘지 않았다. 그냥 그런대로 귀여웠다. 남동생만 셋인 집의 첫 딸로 커온 세월이 스물세 개라 그런지, 그냥 귀여운 동생들 여러 명 데리고 살림하는 기분이었다. 배부른 강아지들이 까부는 것처럼, 저녁을 먹고 잠들기 전에 마당 평상에서 과일을 까먹을 때면 아주 짓궂음이 극에 달했다.

"아 저쪽에는 예쁜 애들 겁나 많던데 뭐냐."

"밤에 몰래 갔다 올까?"

"범죄다 그거."

"뭘 생각하냐 너."

"야!! 나 있는데 못 하는 소리가 없어."

평상에서 씨가 가장 없는 수박조각을 고르다가 어이없다는 표정으로 냅다 소리를 질렀다. 근데 얘네 좀 보게, 그러거나 말거나 점점 가관이다.

"야 우리가 윤재 너무 신경 못 써줬다."

"윤재 이상형 말해봐 우리가 들어준다 특별히."

"아 뭐, 이상형이야."

"에이 솔직히 말해봐 우리 중에는 없어?"

"미쳤나 야 가족끼리 그러는 거 아녀라."

나는 짐짓 동장님의 표정을 흉내내며 말했다.

"아 김윤재 완전 웃겨. 진짜 성격 하나는 짱이다."

분위기 메이커인 상우가 배를 잡고 웃더니 이번에는 재희를 몰아가기 시작한다.

"재희 뭐봐."

"야, 최재희 인스타로 여자 사진 본다."

"뭐냐 누군데 누군데."

학교에서 귀엽기로 유명한 현정이다. 동글동글한 얼굴에 뽀얀 피부가 유독 눈에 띄는 아이였다.

"뭐 좀 귀엽긴 하지."

"아 뭐야 센 척한다."

"아, 내 스타일 아니라고."

"자 그럼 최재희 이상형 말하기 하자."

"가족끼리 그러는 거 아니라매."

"아 노잼."

"알겠어 알겠어."

목소리를 가다듬더니 재희는 짐짓 진지한 척 입을 연다.

"쌍커풀 있는 눈이 동그래야 하고 단발에 하얀…."

상우는 잘 걸렸다는 듯 말을 끊고 나를 가리켰다.

"오 그거 완전 윤재잖아. 쌍커풀 있고, 단발에 하얗고."

"윤재희 커플 가나요."

뭘 말도 안 되는. 나는 수박씨를 뱉어대면서 그만 좀 놀리라고 발길질을 했다. 아주 동생들 뒤치다꺼리보다 더 힘들다.

"아 김윤재! 재희 가만 있는데 너무 그런다 너."

"그래 재희 상처받는다고."

그 와중에 재희는 어림도 없는 가녀린 척을 한다.

"상처받았어."

훌쩍이기 직전의 표정까지 짓는데, 약이 바짝 올랐다.

"아!!! 너까지 왜이래!"

"왜 나 싫어?"

순간 나는 이유를 모르게 얼굴이 화끈 달아올랐다. 이때를 놓칠세라 꾸러기들은 놀리기 바쁘다.

"어? 김윤재 너 왜 빨개져?"

뭐라고 반박을 해야 하는데 딱히 할 말이 떠오르지 않았다. 휙 쏘아붙이기라도 해야겠는데 할 말을 찾을 수 없는, 그런 이상한 기분이었다.

"쓸데없는 소리 하니까 그렇지….."

그 기분에서 도망치고 싶은 마음에 맥아리 없는 말투로 접시를 들고 일어섰다.

"어? 야 어디기! 왜 도망가냐."

"수박 가지러 간다! 왜!"

빽 소리를 지르고 타박타박 흙마당을 가로질러 도망가고 있는 모습이 스스로도 어색했다.

* * *

진득한 여름이었다. 뜨끈한 여름의 온도도, 내리쬐는 태양의 부피도 서울의 그것과 비교할 수 없을 만큼 짙었다. 그 무더위 때문이었을까 아쉬움이 이유였을까. 2주 동안의 긴 농활 일정이 끝나갈수록 우리의 저녁 시간은 차분해져 갔다. 마당 평상에 몽땅 모여앉아 과일을 까먹던 풍경 대신 삼삼오오 모여앉아 이제 서울로 돌아가면, 으로 시작되는 조금은 현실적인 고민을 늘어놓는 시간이 많아졌달까. 장난기가 많든 적든, 3학년 — 이라는 무게가 주는 부담감은 모두에게 동등한 법이었다.

나는 그 변화가 반가운 사람 중 한 명이었다. 늦여름 매미 떼 같은 꾸러기들을 상대하는 대신 책 한 권 읽고 생각 한 줄 하는 저녁이 훨씬 편했다. 사색에 잠기기 좋은 곳을 찾는 일은 어렵지 않았다. 동생들의 복닥거림 속에서 나만의 공간을 만들어 내는 일은 전문이었으니까. 동장님 집에서 오분 정도 걸어 올라가면 있는 야트막한 동산. 거기서 내려다보이는 노을은 혼자 보기 아까운 절경이었다. 어떤 날은 책은 한 줄도 못 읽고 하늘만 보다가 내려오기도 했다. 어느 날, 나만의 아지트라 생각했던 곳에 누군가 앉아있는 것을 보았다. 그냥 돌아갈까 싶었지만 그 뒷모습이 어딘가 낯이 익어서 다가갔더니.

"어 뭐야."

돌아본 사람은 재희였다. 순간 민망한 기분이 먼저 들었지만 애써 태연한 척 아는 체를 했다.

"깜짝이야 웬 할아버지가."

"뭐래 할머니가. 여기 어떻게 알았어."

"너야말로! 여길 왜 알고 난리야."

그날. 아이들이 재희와 나를 몰아갔던 저녁 이후로 사이가 조금 데면데면했었다. 전에도 딱히 친했던 건 아니었지만 우리 둘을 콕 집어 그렇게 엮어버리고 나니 따로 말을 걸기가 더 쑥스러웠다. 그래서 아쉬웠다, 는 건 좀 멀리 나간 생각이지만. 어쨌든 지금. 이곳에 앉아있는 사람이 상우라거나 현철이었다면 나는 궁시렁거리며 그냥 돌아가버렸을지도 모른다.

"뭐 하는데? 여기서."

"하늘 봐. 노을."

"여기 노을 진짜 예쁘지."

"응. 앉아. 노을 보러 온 거 아니야?"

"어? 어⋯ 그렇지."

겸연쩍게 재희 옆에 자리를 잡고 앉았다. 무엇하나 가릴 것 없이 탁 트인 하늘에 주홍, 노랑, 분홍과 파랑이 완벽한 호흡으로 맞물리는 중이었다. 우리는 멍하니 그 색채의 마블링을 감상했다. 언제까지고 하늘을 이대로 바라보고 싶은 기분이었다.

"돌아가기 싫다."

"나도."

말을 먼저 꺼낸 건 재희였지만 생각을 먼저 보낸 건 나였을지도 모른다.

"뭐하고 사나 이제."

"갑자기?"

"연애도 해야 하고."

황당한 고백에 헛웃음이 났다. 뭐하고 사나에서 갑자기 연애라니.

"인턴 이런 거 해야 하나 싶고."

"아… 그냥 복잡한 거네?"

"그렇지 뭐. 여기서 그냥 이렇게 쭉 있고 싶다."

재희는 그렇게 한숨 같은 말을 하더니 풀밭에 벌러덩 누웠다. 나도 마찬가지였다. 답이 없기야 너나 나나 똑같은 것 아니겠니. 한참을 멍하니 노을을 보고 앉아있었다. 누구도 나에게 대답을 강요하지 않았지만 무슨 말이든 해야 할 것 같은 기분이 들었다. 재희를 아니면 우리를 응원해야 할 것만 같았다.

"글쎄. 그냥 오늘, 또 내일의 선택만 후회 없이 하면 되지 않을까?"

"뭔 말이야 그건."

나는 어깨를 으쓱했다. 내가 지금 무슨 말을 하고 있는 건지 모르겠다, 나라고 뭐 대단한 사람이겠는가.

"어차피 무슨 일이 생길지는 모르는 거잖아. 고민한다고 바뀌는 것도 아니고. 내가 나를 속이지만 않으면 되는 거 아닐까? 후회하지 않게."

"오 신생님 같다."

"이게 확 그냥."

또 놀리는 건가 싶어 흘겨보는데, 재희는 꽤 진지한 표정이었다.

"내가 나를 속이지 않고 산다는 게 ― 하고 싶은 거 하면서 사는 그런 거잖아?"

"그렇지, 어떻게 보면."

"난 그렇게 살았는데. 왜 가끔 후회가 되는지 모르겠네."

재희의 옆모습은 쓸쓸해 보였다.

붉어진 어깨와 볼에 이제껏 본 적 없는 어떤 적적함이 묻어나서 나는 무엇으로라도 씻거내려 주고 싶었다.

"동생들 보면 그래. 누나 나 공부해야 하는데 인강을 들어야 할까 학원을 가야 할까 한단 말이야. 사실 그게 중요한

게 아니잖아. 공부를 해야 한다, 는 것도 잘못된 전제일 수 있단 말이야 ─ 누나가 이런 말 하면 안 되겠지만. 어쨌든, 내 마음의 소리를 잘 듣는 게 더 중요한데."

한참 고개를 끄덕이던 재희는 진지한 표정으로 말했다.

"멋있군."

"뭐래 멍청이."

"응 그래도 인정. 멋있다."

진지한 표정이 재희와 어울리지 않아서 나는 웃어야 할지 말아야 할지 망설였다.

"근데 너. 이상해 표정."

"에이씨."

나는 다시 솜방망이 같은 주먹질을 했다, 했었다. 그게 벌써, 아니 어쩌면 고작, 일주일 전이라니.

참 많은 일이 있었는데, 농활에서 있었던 일들을 떠올리면. 왜일까, 자꾸만 그날의 대화가 생각났다. 특별할 것이 하나도 없는 두서없는 수다였는데. 그냥 그 예뻤던 노을 때문이었을까, 그 불붙은 듯 진한 하늘과 가릴 것 없이 탁 트인 푸른 논밭이 영화 속 배경같이 생각나다가도 ─그렇게 살았는데, 라는 말이 뾰족한 가시처럼 가슴 한편을 굴러다

녔다. 위로하고 싶었다. 너는 생각보다 더 특별하고 멋진 사람이라고, 토닥여주고 싶은 주책맞음이 자꾸 고개를 들었다. 한참 뒹굴거리다가 핸드폰을 들었다. 잠시 망설였지만 별 부담 없이 재희와의 채팅방을 켠다.

[뭐해?]

[더워해]

피식, 웃음이 났다. 너무 재희같다. 재치있고, 재미있는 사람.

[넌 뭐해]

생각, 이라고 썼다. 그 생각의 주체가 참 모호했다. 나는 누구를, 무엇을 생각하고 있던 걸까. 빠르게 엄지를 눌러 표면적인 주어를 만들었다.

[농활 생각해]

그리고는 참 예뻤던 하늘 사진들을 전송했다.

덥다고 징징대다가도 숨을 멎게 했던 참 예뻤던 그때.

[예쁘다]

[나?]

[정신 못 차리네?]

[말이 험하슈]

[할머니야?]

삐진 이모티콘을 찾고 있는데.

[예쁜 할머니군]

[?]

[홍홍홍홍]

돌아온 후, 우리 사이에는 이런 시답지 않은 메시지가 잦았다. 별 의미가 있다고 생각하지는 않았지만 한동안 연락하지 않으면 조금은 허전할 정도의 빈도는 됐다. 좋아하는 걸까? 생각해보기도 했지만 이내 고개를 내저었다.

나는 재희를 위로하고 싶은 거야.

노을 아래 내비친 복잡한 마음이 답을 찾을 때까지 응원하는 그런 성숙한 사이라고 정의해버리는 것이다. 가족끼리 감정은 무슨.

[할머니]

[누가 니 할머니야]

[너]

[으이그]

[오늘 모임가?]

아, 벌써 오늘이 그날이었다. 꾸러기 상우의 주도 아래 농활을 다녀온 친구들끼리 학교 근처 술집에서 거나하게 놀아본다나 뭐라나. 상우의 익살맞은 초대 메시지를 받았을 때 — 솔직한 심정은 그닥 내키지 않았다. 뻔한 멘트, 뻔한 건배가 눈 감아도 비디오인 술자리는 넌덜머리가 나는 것이다. 그래서 꼭 와야 한다는 상우의 말에도 그냥 우리끼리 보면 좀 좋아하며 말끝을 흐렸었다. 그랬던 게 느닷없이 오늘이라니.

[잘 모르겠어. 넌?]

[너는?]

[모르겠다니까.]

[내가 먼저 물어봤잖아.]

유치해 죽겠네. 나는 한숨을 쉬며 솔직한 마음을 털어놓는다.

[가서 뭐해, 나 별로 친한 사람도 없고]

[나도 그래서 물어본건데]

[아 그래?]

[같이 가?]

핸드폰을 잡고 있던 손에 괜히 살짝 땀이 나는 기분이었다. 이게 뭐라고. 그냥 친구끼리 같이 가자는 그 한 마디가 뭐라고.

　[그래 뭐.]

　[일곱 시까지 역 앞에서 봐]

　[ㅇㅇ]

　[늦지마]

　[알았다고]

　알았다고, 네 글자를 보내고 나서 갑자기 초조해진다. 뭘 입지, 뭘 신지. 머리는 어떻게 하나, 지난주에 그냥 뿌염을 할 걸 그랬나. 거울 속에 비친 나는 야생 원주민 상태였다. 아침부터 세월아 네월아 침대에만 붙어있었는데 당연하지, 못살아. 옷장을 뒤지는데 노란 원피스를 골라든 손톱이 엉망이다. 투명 매니큐어라도 발라야겠다.

＊＊＊

　해가 뉘엿뉘엿 넘어가는 고운 시간이다. 와자지껄한 금요일의 소리를 뒤로하고 바쁘게 걸어 도착한 8번 출구 앞.

　"늦을 줄 알았어."

　2주 동안 매일같이 보던 얼굴을 일주일간 못보다 보니 어떤 감정보다, 반가웠다. 재희는 핸드폰 액정을 확인하고 웃었다. 그 웃음에 만연한 반가움이 기뻐서, 나도 절로 웃음이 났다.

"웃기는."

"아이고, 할아버지 기다리시게 해서 미안합니다~"

발걸음을 옮기며 그저 그런 두서없는 이야기를 나눴다. 사실 별로 새로운 소식을 나눌 것은 없었다, 핸드폰으로 이미 시시콜콜한 말들은 다 해왔으니까. 그래도.

"나 진짜 안 나올라 그랬는데."

내가 먼저 우는 소리를 꺼냈다.

"나도. 너 안 간다 그랬으면 안 왔지."

문자로 보던 내용을 억양과 감정이 실린 목소리로 듣는 것은 다르긴 했다. 대화 중간중간 들어오는 그 웃음이, 눈맞춤이 달랐다. 그리고 그 사실을 자각할 때마다 조금씩 어색해지는 것이었다. 그렇게 10분 정도를 걸었을까. 약속장소인 술집은 2층인데 1층 입구에서부터 왁자지껄한 소리가 왕왕했다.

"괜히 떨리는군."

"뭘 떨리긴."

"사람 많은 거 별로야."

"마음의 소리대로 말하는 거 아니야?"

"오 기억하고 있었소?"

"그건 뭔 동장님 말투래."

기억하고 있었구나. 나 혼자 그날을 재생했던 게 아니었다고 생각하니, 괜히 울렁거린다. 움직여야 해. 계단을 올라, 눈을 딱 감고 전투 나가는 심정으로 술집 문을 열었다. 아니나 다를까.

"올! 윤재희 같이 오냐!"

나는 상우를 향해 검지손가락을 백번 들이대다가.

"원피스으?? 뭘 이렇게 신경썼대~?"

이대로 서있다가는 아주 오만 이목이 집중될 것이 불 보듯 뻔해서 나는 아무 자리나 보이는 자리로 후다닥 앉아버렸다. 재희가 어디로 가거나 말거나 일부러 눈을 피해버리게 되는 것도 사실이었다. 혹시나, 혹시나 그날 그 저녁처럼 얼굴이 화끈 달아오른다거나 하면 큰일이다. 아무렇게나 앉은 자리에는 다행히 여자아이들이 많았다. 쓰잘머리 없는 소리만 해대는 남자테이블보다 이런 자리가 훨씬 편하다.

"어, 언니! 화공과 윤재언니 맞죠?"

눈웃음을 지으며 나를 맞이한 얼굴은, 과에서 모르는 사람이 없는 예쁜이, 현정이였다.

"어! 안녕. 현정이!"

"오 언니 저 어떻게 알아요!"

얼굴을 붉히며 웃는 모습이 천상 여자다. 앳된 미소가 예뻤다.

"우리 과에서 현정이 모르는 사람도 있어?"

놀리려는 마음은 눈꼽만큼도 없었는데, 듣고 배운 게 그런 말투라 그런가 자꾸 짓궂은 말투가 나왔다.

"에? 저 아무도 아닌데!!"

"어우, 예쁜 친구가 겸손하기까지."

말을 아껴야 한다고 생각했다. 괜히 나만 알고 있는 생각들이 제멋대로 뛰어다니게 두고 싶지 않았다. 사람들이 바뀌고 농활에서의 추억이 술잔과 함께 굴러다닌다. 그런대로 즐거웠다, 행복한 건 아니었지만 그냥저냥 웃을 만했다. 이따금씩 눈으로 재희를 찾고 싶어질 때. 괜히 더 바쁘게 테이블의 잔을 채우고 건배를 부추겼다. 사실은. 그때 언덕에서와 같은 이야기를 하고 싶었다. 짧아도 짙은 이야기. 하지만 뭐, 이런 자리에서 그런 삶이라느니 기준이라느니 하는 것들은 노땅 소리 듣기 일쑤이니까. 그래도 재희라면 진중한 표정으로 들어줄 텐데. 아니 이게 또 무슨 소리람, 왜 또 이렇게 생각이 도돌이표를 도는지 모르겠다. 나는 눈앞에 찬 맥주를 벌컥 들이켰다.

거나하게 몇 술 건배가 돌고 나면 휴식시간 비슷한 것이 찾아온다. 몇몇은 담배를 피우러 몇몇은 화장을 고치러 또 몇몇은 말하지 못했던 누군가들에게 이야기를 붙이러 일어서는 시간의 틈.

"저도 바람 좀….."

립스틱을 덧바르던 현정이는 묻지도 않은 설명을 하더니 자리에서 일어섰다. 나도 듣는 이 없는 그래, 를 남기고 괜히 물잔을 채우고 홀짝인다. 네 사람이 앉아있던 테이블이 짠하니 비었다. 어색해진 나는 급하지도 않은 화장실이라도 가볼까 싶어 일어섰다. 문 쪽에 앉아있던 내 자리에서 가장 멀리에 자리한 화장실은 딱 봐도 줄이 길었다. 별수 없이 시간을 들여 걸어가야겠다고 생각했다. 저 앞에 서서 얼굴은 아는데 인사하기는 뭣한 사람들에게 어색한 웃음을 지어 보이는 것은, 정말 싫었다. 테이블 뒤편에는 군데군데 테라스가 있다. 몇몇은 그 밖에서 자리를 잡고 앉아 맥주잔을 기울였다. 아는 얼굴, 또 모르는 얼굴. 가만가만 걸어가며 구경을 하는데. 익숙한 두 얼굴이 한 테이블에 앉아있는 것이 보였다. 목소리는 들리지 않았지만 꽤나 가까이 앉아 대화하고 있는 두 사람.

내가 잘 아는 얼굴 하나가 이쪽을 바라보고 있다. 기분 탓일까. 현정이를 바라보는 재희의 눈에서 금방이라도 폭죽이 터질 것 같다.

은은한 여름 달빛이 둘 사이를 예쁘게 비춘다.

나는 한 발, 다시 한 발 물러서서 바라보았다.

어쩔 줄 몰라 하는 표정으로 웃는 재희.

마음의 소리를 잘 듣는 것이 중요한데.

이게 그의 마음의 소리였다면.

잘된 일이다, 그렇지 않나?

내가 아니라도, 그를 위로할 수 있는 것이다.

내가 가장 원하던 그림이 이게 아니었나.

나는 고개를 돌려 다시 자리로 돌아왔다. 더 앉아있다가는, 그보다 내 앞에 마주 앉아 환하게 웃는 현정이를 보았다가는 이유 없이 눈물을 터뜨릴지도 모른다. 짐이랄 것도 없는 가방을 챙겨서 살짝 술집을 빠져나왔다. 다행히, 아는 얼굴 하나도 마주치지 않았다.

걸어가는 길이 테라스에서 내려다보인다는 게 잠깐 마음에 걸렸다. 하지만,

그럴 리 없다, 그럴 리 없으니까.

우울함이 치미는 것에 괜히 화가 났다.

나는 잰걸음으로 지하철역 쪽을 향한다.

* * *

테라스 테이블 반대편에 답삭 앉은 것은 현정이었다. 내심 윤재일까, 기대했던 나는 예의상 웃기야 웃었지만 — 웃음이 반쪽이었는지도 모른다.

"오빠, 혼자 뭐해요."

맥주잔을 들어 보였다. 당황해하다가 다시 살랑살랑 웃는 현정이의 미소에서 숨은 뜻이 다 보인다는 것을, 알까.

"여자 소개 받을래요?"

"음… 아니."

내 단호함을 아리송한 표정으로 쳐다본다. 그 눈에 약간

의 상처가 비친 것도 같다.

"왜요? 좋아하는 사람 있어요?"

"비슷해."

현정이는 고개를 숙였다. 우는지 웃는지 모르겠는 침묵이
조금은 미안했다.

"다행이다! 솔직하게 말해줘서 고마워요."

"고맙긴."

조금은 불편했다. 챙겨주기도, 들어주기도 민망한 시선을
길가로 돌리는데 ― 노란 원피스가 보였다. 나는 테이블을
박차고 일어섰다.

"나 먼저 가볼게."

내가 이곳에 온 이유가 혼자 멀어지는 것을 보고만 있을
수 없었다. 그리고 어쩌면, 오늘은 마음의 소리를 따라 솔직
하게 말하는 편이 좋을지도 모른다.

서울역

나에게는 이토록 많은 일이 일어났는데 1년 전이나 지금
이나 별 탈 없이 그대로인 세상을 보면 괜시리 분이 난다.
내가 어떻게 되든 상관없이 지하철은 사람들을 태우고, 신
호등은 바뀌고, 사람들은 오뎅에 간장을 찍어 먹을 것이다.
나 하나쯤이야 있는 듯 없는 듯. 풍경화의 점 하나로 만들어
버리는 무심한 도시가, 꼭 당신 같다.

***

그러고 보니 새로 오픈한 매장이 서울역 근처다. 오후 사
입을 마치고 바쁘게 돌아오다가 지난주와 달리 사뭇 포근해
진 날씨에 감탄을 하면서 깨달은 것이다. 매주 주말이면 이

근방으로 그를 데리러 왔었고, 일요일 저녁이면 눈물 어린 포옹을 하며 청주로 내려보내곤 했다.

"다음 주면 볼 건데 뭘."

그는 늘 찌그러진 웃음을 지으며 내 머리를 쓰다듬었고.

"못 보는 날이 다섯 개나 되잖아."

나는 엄마 품을 파고드는 강아지처럼 그의 재킷 속을 비집었었다. 매번 반복되었던 그 청승맞은 이별이 고작 2년 전 일이라니. 그때는 그 사람이 내 삶의 전부였는데. 그때의 나와 지금의 나를 놓고 가만히 들여다보면. 다르다. 달라도 너무 달라서 아마 그 사람도 알아보지 못할 거다.

"언니, 벚꽃 귀걸이 모자라."

매장에 들어서기 무섭게 현지의 새된 목소리가 달려든다.

"그럴까봐 30개 가져왔어!"

자랑스럽게 봉투를 들어 올리는데, 현지는 어림없다는 듯 고개를 내젓고 송장을 들이민다.

"택도 없어."

"나 방금 전에 주문 확정 다 하고 나갔는데, 그 사이에 더 들어왔어?"

"윤희가 인스타에 올렸잖아."

아 맞다. 그 협찬 올라가는 게 오늘이었지. 아주 화사한 꽃놀이에 딱 맞는 콘셉트로 찍어달라고 부탁했고 20만 팔로우를 거느린 윤희는 착실하게 사랑스러운 표정으로 동영상까지 첨부해서 추천에 핑크하트 다섯 개를 붙이며 올려주었다. 덕분에 나는 들어온 그 길로 봉투를 내려놓고 도매처에 전화를 걸어 사정을 해야 했다.

"언니 오늘 80개 안 될까요? 제발⋯."

벌써 3시라서 어렵다는 걸 겨우겨우 사정해서 가까스로 받아냈다. 지금부터 정신없이 포장하면 저녁 택배 시간은 가까스로 맞출 수 있으리라. 매일 오늘 같으면 좋겠다고 생각하면서도, 이 정신없음이 참, 나답지 않다고 느낀다.

"오늘 최고다."

현지는 마지막 택배 박스를 내려놓으면서 안도인지 피곤함인지 모를 탄성을 내뱉었다.

"고생했어."

"아니야. 이런 고생은 늘 환영이지."

"매장 손님이 별로 없었어서 다행이다."

"그러게. 앞으로 주말에는 마케팅 뭐 하지 말자."

온라인을 중심으로 하는 매장이라 오프라인 고객은 별로

없지만 주말이면 외국인 관광객들로 쏠쏠한 편이다. 사무
실에서 택배만 보낼 때와는 또 다른 재미가 있다.

"밥은 먹었어?"

"아니. 나 근데 오늘 저녁 약속 있는 그날이야 언니"

"아 그 썸남?"

현지의 발그레해진 얼굴이 대답을 대신한다. 기나긴 솔로
생활이 언제나 끝날까 했는데 요즘 아주 봄날이시다.

"잘해주나 보다."

"그냥 착해. 재밌어."

립글로스를 바르는 입가에, 사랑이 주렁주렁 달렸다.

"봄날이네 우리 현지."

"언니. 그니까 언니도 그 오빠 친구 소개 받자니까."

"뭘 소개야 바빠죽겠구만."

"아니 오빠 친구들 괜찮은 사람 많다니까. 잘생기고. 어?
키도 크고!"

"잘 생긴게 밥 먹여주니? 됐습니다~"

"솔로생활 오래 했잖아."

"뭘 오래야 1년도 안 됐다, 애."

"언니도 남자친구 생겨서 더블 데이트 했으면 좋겠다~"

말은 그렇게 하면서도 엉덩이를 들썩이기에 빨리 나가라고 부추겨준다.

"빨리 가. 내가 마감할게."

"그럼 나 먼저 갈게~"

"응 조심히 가, 내일 봐!"

현지가 나가고 나니 5평 남짓한 매장은 갑자기 조용해진다. 별로 말 많은 스타일도 아닌데 현지 하나가 빠졌다고 이 공간이 이렇게 적막해지다니. 아니, 그냥 오늘 하루 갑자기 서울역 생각이 났었기 때문인지 모른다. 나는 믹스커피가 담긴 종이컵을 들고 매장을 일없이 걷는다. 걸어가면 5분 거리에, 서울역의 뒷모습이 보인다. 금요일 저녁에 보면 좋았고, 일요일 저녁에 보면 슬펐던 그 모양새. 어둠이 내린 서울역을 보고 있노라니 오만 감정이 뒤섞인다.

나의 첫 직장은 유통 회사 디자인 팀이었다. 전국에 있는 50개 백화점의 디자인물을 책임지는 멋드러진 팀이라 뿌듯했다. 한동안은 내 손에서 디자인 된 포스터가 전국 매장에 걸린 것을 보며 으쓱해하기도 했다. 출세한 기분이랄까. 그러던 어느 가을 날— 나의 업무는 피곤해지기 시작했다. 발단은 지방 매장의 깐깐한 층장 한 명이었다.

[안녕하십니까, 청주 지점 숙녀복 층장 민승호 대리입니다. 잘 지내고 계신지요?]

처음 울린 메신저는 평범했다. 잘 지내고 있냐는 말에 누구지, 싶었는데 지난 달 있었던 가을 산행 때 사회를 맡았던 영업팀 사람이었다. 백 명 남짓한 사람들 앞에서 익살스럽게 사회를 보는 용기가 참 대단하다고 생각했던 기억이 났다.

[안녕하세요, 디자인 팀 김유림입니다. 지난 번 산행에서는 덕분에 즐거웠습니다. 어떤 일이신가요?]

[감사합니다. 덕분에 힘이 났던 것 같습니다. 저 다름이 아니라⋯]

청주점의 디자인 매뉴얼이 2010년 버전이라 새 버전을 요청한다는 내용이었다.

그리고 보니 이 사람은 날 뭘 안다고 잘 지내냐는 인사일까 싶었지만, 으레 하는 인사치레겠지 생각하고 잊어버렸다. 그보다는 그 없어졌다는 매뉴얼 새 버전을 찾아서 줘야 한다는 새로운 퀘스트가 더 중요했다. 어려운 일은 아니지만, 귀찮았다. 바빠죽겠는데. 폴더 사이를 들어가고 들어가서 2019년 버전을 메신저에 첨부했다.

[디자인 매뉴얼 새 버전 드려요.]

[감사합니다.]

[별 말씀을요. 또 필요하신 것 있으면 연락주세요.]

[네 그럴게요. 감사합니다.]

나의 마지막 말은 내가 으레 사용하는 인사치레 말이었고 그의 '그럴게요' 역시 그 비슷한 말이리라고 생각했다, 그게 나의 가장 큰 실수였다.

매뉴얼을 전달한 다음 날 아침, 나를 반긴 것은 민대리의 메일이었다.

[안녕하십니까 김유림님, 민대리입니다. 매뉴얼을 보다 보니 잘 이해가 가지 않는 부분이 있어 메일을 드렸습니다. 17쪽에 보면 SALE 밑에 기간은 18포인트, 라고 적혀 있는데 그 다음 쪽 예시에 보면 15포인트로 되어 있습니다. 뭐로 작업하면 될까요?]

17페이지에 세일 내용이 있었어? 올해 초에 본부 지침으로 대략적인 틀만 만들어놓고 한 번도 들여다 본 적이 없어서 기억이 가물가물했다. 어차피 월별 매뉴얼과 디자인은 또 세세하게 뿌리다 보니 연간 매뉴얼은 뭐릴까. 보여주기식 자료였다. 그 자료가 이렇게 발목을 잡을 줄이야.

[아, 오타가 있었나 봅니다. 죄송합니다. 15포인트로 제작해 주시면 됩니다.]

그래도 질문에는 대답해줘야 하는지라 페이지를 뒤져 답장을 보냈다.

그 다음날.

[안녕하십니까, 민대리입니다. 주차장에 매장 안내 포스터를 교체해야 하는데 주차장 안내 포스터 매뉴얼은 없을까요?]

아니 숙녀복 층장이 주차장을 왜 관리해? 짜증이 났지만 최근에 다른 매장에 보냈던 자료를 첨부해서 최대한 친절하게 답장을 보냈다.

또 그 다음날.

[안녕하십니까 민대리입니다. 저희 지점에 플래카드를 설치하려고 하는데 43페이지에 컬러칩 세 번째가 정확히 어떤 색인지 잘 모르겠습니다.]

컬러칩이라는 단어를 아는 사람이 어떤 색인지 모르겠다고? 나는 참을 인 자를 새기며 팬톤 넘버를 적어 보내줬다. 그렇게 며칠이면 끝이 날 거라고 생각했다. 하지만 다음날에도, 그 다음날에도.

[안녕하십니까 민대리입니다-]로 시작하는 메일은 네이버 메인 바뀌듯 매일매일 울려왔다. 아주 이 매뉴얼을 정독하다 못해 질문을 만들어 내려고 작정한 사람 같았다. 게다가 하

필이면 구구절절 맞는 말이라 하나하나 대답해주다 보면 원래 해야 하는 작업들이 밀리기 일쑤였다. 아주 깐깐한 사람이거나, 나를 괴롭히기로 작정한 사람이거나 둘 중 하나임이 분명했다.

연말 전 지점 행사 매뉴얼을 앞두고 해야 할 일이 산더미인데 이 자잘한 요청을 언제까지 할 셈일까. 참다못한 나는 팀장님을 찾아가 메일들을 보여드리며 지점을 바꿔주실 수는 없냐고 요청했다.

"근데 다 맞는 말이네."

"네 그래서 더 미치겠어요."

"그럼 다른 사람에게도 똑같을 거 아냐."

"……."

맞는 말이다. 내가 맡은 똥 더러우니 너가 치워라는 식으로 넘길 수는 없는 일이었다. 그렇다고 이 요청들을 다 들어주고 있자니 머리가 하얗게 셀 지경이었다.

"어떡하죠 팀장님. 원래 층장들이 다 이런가요…?"

"가~끔 이상한 애들이 있긴 하지. 근데 얜 좀 심하네."

울상이 된 나를 딱하게 바라보던 팀장님은 극약 처방을 내렸다.

"그냥 한 번 가서 1페이지부터 끝까지 쫙 설명하고 궁금증을 털어내주고 와."

"가서요? 제가요? 청주를요?"

아니면 뾰족한 수가 있냐는 팀장님의 말에 나는 기운이 쪽 빠졌다. 본투비 집순이인 내가 청주까지 갈 생각을 하니 하늘이 노래졌지만, 이 민대리 노이로제를 벗어나려면 어쩔 수 없다. 나는 출사표를 쓰는 심정으로 답장 비튼을 누르고 키보드에 손가락을 올렸다.

[안녕하세요 민대리님. 디자인팀 김유림입니다. 디자인팀의 매뉴얼에 깊은 관심을 가져주셔서 감사합니다. 질문에 대한 답변을 매번 메일로 드리기에 한계가 있는 것 같아 제가 찾아뵙고 설명을 드리려 합니다. 괜찮으실까요?]

[네, 감사합니다. 목요일 괜찮으신지요? 저희는 업무시간이 지점 시간에 맞춰져 있어 오전 10시 출근입니다.]

[네 목요일 10시까지 갈게요]

[10시에 청주역으로 모시러 가겠습니다. 제 연락처입니다.]

기다렸다는 듯이 연락처를 찍어 남기는 모니터 너머의 사람이 못견디게 얄미웠다. 좋아요는 누를 수 있는데 미워요 기능은 왜 못 만드는 거니, 못살아 정말.

＊ ＊ ＊

대망의 목요일 아침. 사무실에 들러 주섬주섬 노트북을 챙기는 나에게 팀장님은 뼈있는 인사를 했다.

"다시는 연락 안 오게 잘 알려주고 거기서 짚어주는 거 다 받아와~ 내년에 반영하게."

"그러다 밤샐 것 같은데요."

"그럼 연차 하루 줄게."

그냥 웃자고 한 소리에 소름 끼치는 응대를 해주시다니. 팀장님에게 물 한 바가지를 쏟아붓고 싶었다.

그래도, 해가 쨍쨍한 대낮에 로비를 나서려니 기분이 묘했다. 파우치에 담긴 노트북과 간단한 소지품만 담긴 미니백을 찰랑이며 아침 서울역을 걷는 기분이 나쁘지만은 않았다. 이 고운 햇살을 찬찬히 누릴 수 있는 시간은 직장인에게 일주일에 고작 이틀뿐이니까.

싱숭생숭한 기분으로 난생처음 청주역, 이라는 곳에 도착한 나는 내리자마자 그 사람을 알아볼 수 있었다. 하얀 자동차 앞에 장승같이 서 있는 까만 실루엣. 세상 어떤 부조리며 문제들이 덤빌 테면 덤벼보란 듯한 자신감으로 서 있는 남자의 모습이 누가 봐도 민대리였다. 그도 나를 알아본 듯 허리 숙여 인사를 한다.

"타시죠."

조수석 문을 열어주는 모습이 한두 번 해본 솜씨가 아니다. 자연스럽고, 친절하지만 과하지 않은 태도.

"감사합니다."

문을 닫고 앞 범퍼로 돌아 운전석으로 걸어오는 옆모습을 가만히 바라본다. 가을 산행 때도 '말끔하네' 정도로 생각했지만 가까이서 보니까 더, 잘생겼다. 저 얼굴로 이 차에 여자를 몇 명이나 태웠을까. 순간 나는 고갯짓을 세차게 했다. 무슨 생각을 하는 거야 미쳤나 봐.

"식사는 하셨어요?"

"지금 10시예요."

"저희 식사시간은 10시 반이라서요."

"네?"

"농담이에요. 그래도 먼 길 오셨는데 바로 일하실 수는 없잖아요."

그렇게 융통성 있는 사람이 매뉴얼 하나로 사람을 2주를 달달 볶냐. 지난 고생이 갑자기 떠오르면서 분노 게이지가 오르기 시작한 나를 아는지 모르는지 이 사람은 여유 만만하게 핸들을 돌린다.

"좋아하는 음식 있어요?"

아니 내가 여기 뭐 놀러 온 줄 아나, 당황해서 답을 찾지 못하는 나를 힐끗 바라본다.

'속눈썹이 뭐 저리 길어, 낙타야?'

빤히 쳐다보는 내 눈을 그는 피하지 않았다.

1초, 또 다시 1초.

당황한 내가 먼저 고개를 돌렸다. 마침 파란 불이다!

"파란불이에요."

액셀을 밟으며 그는 무슨 일 있었냐는 듯 말했다.

"칼국수 맛있는 집이 있는데."

"네, 좋아요. 좋아해요, 저 칼국수."

칼국수건 콩국수건 빨리 먹고 빨리 할 거 하고 올라가고 싶었다. 이 거침없는 사람의 도무지 이해할 수 없는 행동이 거북했다, 아니, 정확히는 도대체 무슨 생각인지 나랑 단 둘이 뭘 하는 건지 알고 싶다고 불쑥불쑥 고개를 드는 지극히 개인적인 호기심이 못 견디게 불편했다.

하지만.

"커피 한잔 하면서 말씀드리죠."

칼국수 집을 나와서 민 대리가 한 말은 또 엉뚱하게도 커피였다. 도착하자마자부터 일 이야기로 피라미처럼 뜯길 각오를 했었는데, 이건 달라도 너무 다르다. 이러다가 오후에 집에 못 가는 거 아니야? 아 몰라, 그래요. 아무리 그래도 커피는 마셔야지. 창이 넓은 카페에 들어서서 올해 개정된 매뉴얼을 꺼내려는데.

"청주는 와보신 적 있으세요?"

"아뇨. 처음이에요."

"그렇죠 — 작은 도시예요."

뭐야 이 남자, 또 딴소리다.

"대리님은요?"

"저도 발령받았을 때 처음 와봤어요."

당찬 포부로 입사를 했는데 강남 본점은 못 줄망정 청주라는 소식에 당장 퇴사를 하고 싶었다고 했다. 꿈도 야무지시다고 쏘아붙이는 나에게 너털웃음을 짓더니,

"맞아요, 머리에 피도 안 마른 새내기가 참."

웬일로 인정을 한다. 그 순순한 태도가 이질적이라서 더 집중이 됐다.

"지금 생각해보면 청주와서 많이 배운 것 같아요."

연고도 없으니 주말이면 육거리시장, 야구장, 공원들을 쏘다니다가 최근에는 정북동 토성 산책에 맛 들였다고 했다. 살 부대끼고 사는 게 삶의 낙일 것 같은 남자가 혼자 논다니. 이 색다름을 어찌해야 할지 몰라 절로 귀가 쫑긋했다. 그의 일상을 더 듣고 싶은 마음도 살짝 들었지만, 그건 그거고.

"어머, 대리님. 매뉴얼 이야기 해야 돼요."

"네… 그렇죠. 그럼…."

민대리는 테이블 위에 올려두었던 차키를 들고 일어서며 말했다.

"일단 지점을 보실까요?"

별 이야기도 안 했는데 벌써 두 시였다. 시간이 이렇게 빠른가. 카페에서 백화점에 주차할 때까지는 30분도 채 걸리지 않았지만 백화점 옥상에 있는 민대리의 사무실에 들어가기까지는 두 시간이 족히 걸렸다. 어찌나 꼼꼼하게 백화점 곳곳을 보여주는지, 순간 나는 내가 매뉴얼 설명을 하러 온 건지 백화점에 발령받은 건지 헷갈릴 뻔했다.

"지점이 꽤 넓네요."

"그렇죠?"

꼭대기층을 누르며 그는 좋아서인지 피곤해서인지 모를 미소를 지었다.

"이제 매뉴얼 이야기를 해볼까요?"

"저 말씀을 너무 많이 드렸더니."

책상 앞 소파에 나를 앉힌 민대리는 벽 쪽으로 두어 걸음을 걸어갔다. 큼직한 뒷모습과 하얀 사무실 벽에 비치는 한낮의 햇살이 한 폭의 그림 같다고 생각했다.

"목이 너무 말라서. 커피 한잔 하실래요?"

"또요?"

"디자이너들은 커피 하루 세 잔은 기본 아니에요?"

아니요 괜찮아요, 를 하기도 전에 민대리는 캡슐커피를 집어 들고 있었다. 나는 하는 수 없이 본심을 읊조린다.

"라떼로 주세요."

"그럴 것 같았어요."

웃음소리와, 커피머신의 딸칵 소리가 동시에 들리는 것이, 어색하다고 생각했다. 난생처음 와보는 도시에, 난생처음 보는 사람과 반나절을 일, 이라는 이름으로 함께하면서 정작 일이라고 할 만한 건 하나도 하지 않았는데, 이토록 여유롭다니.

하루가 멀다 하고 그렇게 들들 볶던 사람이 부리는 여유에 약이 올라야 맞다. 그런데 화는커녕 그 모양새를 넋 놓고 바라보게 되는 내 모습이 이해가 가지 않았다.

"감사합니다."

커피머신이 내는 증기 섞인 기계음이 사라지고, 그는 유리 탁자 위에 노란 머그잔에 담긴 라떼를 내려놓았다. 커피머신 아래 두었던 것이 종이컵이 아니라 머그잔이었구나.

"컵이 참 예뻐요."

"제가 제일 좋아하는 컵이에요."

"취향이 확고하시네요."

"색이 예쁘죠! 마크로스코전 보고 나오다가 산 거예요."

순간 내가 제대로 들은 건가 싶었다. 수학, 기계공학, 생물학 뭔가 이런 쪽에 더 가까울 것같이 차갑던 사람에게서 마크로스코가 웬 말이람.

"그림을 좋아하세요?"

"잘 몰라요. 그래서 보는 걸 좋아하나봐요."

"제가 제일 좋아하는 작가예요."

"스티븐 잡스랑 취향이 같으시네요."

"놀리시는 거예요?"

"칭찬이에요."

웃는 모습을 정면에서 보는 건 처음이다. 웃을 때 이렇게 눈가에 주름이 잡히는구나. 세상에서 제일 딱딱한 선으로 그려놓은 것 같은 눈코입이 ― 둥그렇게 되는 것이 신기했다.

"주임님?"

"아, 네네. 그죠 매뉴얼. 이게 새 버전이에요."

나는 정신없이 핸드백에서 매뉴얼을 꺼냈다. 그가 질문했던 내용들을 빨간 색으로 볼드까지 주어 인쇄한 A4용지도 함께였다.

"워낙 꼼꼼하게 질문해주셔서 저도 아주 공부 열심히 했어요."

"주임님 짜증나셨나보다."

"짜증이라뇨."

"이마가 이렇게. 찌그러졌는데요?"

뭐가 찌그러져 초면에 못하는 소리가 없어, 약이 바짝 올라 올려다본 얼굴은. 그 둥근 미소는, 그 눈주름. 방금 전 카페에서보다 가까웠고, 친근했고, 멋있었다 ― 뭐라고? 멋있다고? 미쳤다. 정신차려 김유림.

"민대리님."

나는 애써 사무적 미소를 지었다.

"기본 폰트는 무조건 고딕체예요. 모두. 몽땅. 저희가 따로 뿌려드리는 예외와 디자인 서체 빼고는요."

페이지를 넘기면서 준비해온 말을 속사포처럼 뱉었다. 내 손가락이 짚는 글자와 그림 위를 그림자처럼 따라오는 그의 눈길이 간지러웠다. 손가락을 접고 그렇게 쳐다보지 말라고 하자니, 다시 그 아몬드빛 눈을 바라볼 자신이 없었다. 또 무슨 생각이 멋대로 들 지 모른다.

그는 지금까지 메일에서 했던 질문들은 온데간데없이, 잠자코 들었다. 예시 이미지를 포함한 163페이지의 매뉴얼과, 그가 질문했던 내용이 모두 끝날 때까지.

"여기까지."

행사장 안내 POP에 대한 내용을 끝으로 나는 매뉴얼을 덮었다.

"제가 준비한 건 여기까지에요."

그의 눈이 나를 뚫어져라 바라보고 있다, 흔들림도 없이.

"질문… 있으신가요?"

"흠…."

그는 팔짱을 끼고 매뉴얼의 첫 장을 넘겼다. 그리고 그 다음 장, 다음 장도. 그 모양새가 더뎠다. 기분 탓인가?

"몇 가지 질문이 있어요. 우선… 일반 매장 앞 미끼상품 POP의 경우 예시에는 제품명이 한 줄인데. 이름이 길어질 경우 어떡하죠? 몽클레어 90% 구스다운 투웨이 골드 지퍼 롱패딩치럼요."

돌아왔다, 내가 메일을 읽을 때마다 상상했던 그 기계 같고, 딱딱한 모습. 몽클레어 구스… 뭐라고? 여자인 나도 못 외우겠는 그 이름을 대체 왜 외우고 있니? 잘생기고 멋있다고 한 거 다 취소다.

"그건, 대리님. 51페이지에 있는 것처럼 오른쪽 정렬로 맞춰 주시면 돼요. 상품명은 한 줄. 아주 길어도 두 줄은 넘어가지 않게, 가격은 상품명 아래에 마찬가지로 오른쪽 정렬로 크기는 68로요."

나는 어금니를 깨물어 다시 한 번 사무적 미소를 만들며 최대한 친절한 목소리로 답했다. 하지만. 그는 사례 이미지가 빼곡히 정렬된 이미지를 살펴보고 있었다.

"색깔은 이렇게 정해진 것만 써야 하는 거죠?"

"네, 브랜드 컬러니까요."

"인쇄 상황마다 다를 거 같은데…."

"본사에서 보내드리는 포스터는 같은 곳에서 뽑아서 늘 같아요."

"급하게 진행되는 행사 때에는 지역 업체를 써야하니까. 흠… 그렇군요."

이게 무슨 당연한 말 주고받기야, 제발.

할아버지가 네다섯 살짜리 애 앉혀놓고 버스가 택시보다 크지, 하지만 느리단다, 설명하는 꼴이었다. 하지만 그는 그 당연한 말놀이가 꽤나 재밌는 모양이었다.

"하나만 더요. 그럼 겨울 포스터 부착 시에…."

벌써 다섯 번째다 인간아. 나는 시계를 곁눈질했다. 마음이 초조해졌다. 집에는 가야 될 거 아니야. 이제 끝이길 바라는 마음으로 그의 옆모습을 살폈지만, 매뉴얼을 넘기는 손가락은 천하태평이다.

"…대리님."

고개를 든 그 얼굴이 차가운 조각상 같았다. 잘 만들어진, 도통 속을 알 수가 없는.

"저 막차가 일곱 시 반이에요."

그는 손목시계를 흘낏 보았다. 시계는 6시 40분을 가리키고 있었다.

"청주랑 서울을 오가는 기차가 하루에 몇 대 안 되더라구요."

"아, 그렇군요."

그는 어쩔 줄 몰라 하는 내 표정을 한동안 바라보더니.

"아쉽네요."

드디어 매뉴얼을 내려놓았다.

"가시죠, 역까지 데려다 드릴게요."

문가로 걸어가는 큼직한 뒷모습을 보며, 나는 안도의 한숨을 내쉬었다.

* * *

[팀장님 저 지금 서울 왔어요.]

[대박이네. 고생했어]

[내일 연차 써도 되죠]

[ㅋㅋㅋ 그래. 푹 쉬고 월요일에 보자]

아싸. 갑자기 생긴 하루짜리 휴가에 기분이 좋아졌다. 사실 오늘 출장도 나답지 않게 견딜만했다. 솔직히 말하면, 재미도 있었다. 이제 민대리라는 사람과 다시 연락할 일도, 볼 일도 없겠구나 생각하니 조금은. 아쉬웠다.

* * *

그 금요일은 유난히 생생하게 기억이 난다.

갑자기 생긴 꿈 같은 연휴라 11시가 넘어서까지 늦잠을 자고, 밀린 드라마를 보며 빈둥거리다가, 배가 고파서 피자를 시켜 먹고, 창문이 온전한 한낮의 주홍빛으로 바뀐 것을 느꼈다. 벌써 ─ 오후라니. 샤워를 하고 평소보다 시간을 더 들여 준비를 했다. 머리를 곱게 말고 립스틱 색깔도 고민을 했다. 소윤이와 민지를 만나기로 한 날이다. 몇 안 되는 친구들 중 유일하게 마음이 통하는 고등학교 동창들. 벌써 결혼을 하는 민지를 축하해주는 중요한 스케줄이었다.

꽃무늬 원피스를 꺼내입고 들뜬 기분으로 집을 나선 것이, 5시 반쯤이었다.

집 앞에서 택시를 잡는데, 핸드백 안에서 진동이 울린다. 기집애들 그 사이를 못 참고. 좀처럼 멈춰주질 않는 빈 차들을 향해 휘젓던 손을 신경질적으로 내리고 더듬더듬 아이폰의 얄싹한 몸체를 낚아들었다.

"여보세요?"

"여보세요."

잉? 남자 목소리?

당황한 나는 핸드폰에 찍힌 발신자 이름을 확인했다.

[청주 민대리님.]

왜? 갑자기 울린 전화가 당황스러웠다. 나는 목소리를 가다듬고 대답했다.

"네, 대리님."

"안녕하세요."

수화기 너머로 바람소리가 들렸다.

"혹시 퇴근하셨습니까?"

"네?"

갑자기 뭐야. 나는 떨떠름하게 대답했다.

"아니요."

퇴근은 아니지, 나 출근 오늘 안 했으니까.

당신 덕분에.

"아, 어쨌든 회사는 아니에요. 네, 그런데요."

"혹시 약속 있으신가요?"

"네. 고등학교 동창 청첩장 받기로 해서요."

"아, 그러시군요. 아무래도 금요일이니까요."

말끝을 흐리던 그는 더 뜬금없는 질문을 했다.

"혹시 내일은. 차 한잔 괜찮으십니까?"

"…차요?"

"아, 저도 친구 결혼식이 있어 서울에 올라왔는데 올라온 김에….'

뜸을 들이던 그가 말했다.

"어제 못 다한 이야기 더 하고 싶어서요."

뭐라고?

나는 엉겁결에 네, 라고 답했다.

전화를 끊고 택시를 기다리는 동안 구두굽을 괜히 까딱거렸다. 석양이 예쁘게 느껴졌다, 그리고 그날 민지에게 좋아보인다는 말을 들었던 것 같기도 하다. 나는 미쳤냐고 손사래를 쳤지만.

* * *

지난 이야기가 너무 오랜만에 물밀 듯이 밀려오는 것이,

아무래도 어색하다. 하지만 나는 굳이 생각을 비우려 컴퓨터 앞에 앉지도, 선반 정리를 하지도 않았다. 가만히 소파에 앉아 서울역을 노려볼 뿐이다.

사진 한 장 남아있지 않았지만 너무 선명하게 그의 얼굴이 떠오른다. 밤공기가 내려앉으면 금방 서늘해지던 어깨도, 내 아랫입술이 닿는 위치에 있던 쇄골도. 오빠, 하고 달려가 안기면 바쁘게 토닥이던 큼직한 팔과 몇 번이고 귓가에 속삭이던 예뻐, 정말 예뻐. 하던 그 말투, 까지. 마치 그리워하는 사람 같다, 하지만 내 생각과 감정은 동물의 왕국을 보는 때처럼 차분하다. 사자의 사냥을 바라볼 때만큼의 흥분도 일지 않는다. 담담한 회상인 것이다, 시간이 충분히 지나서 누군가와 누군가 사이에 아무 것도 남지 않았을 때에야 가능한.

다시 만나고 싶은 것은 절대 아니다, 그럴 수도 없고, 그러기엔 우리가 너무. 다른 사람이 되어버렸다. 그는 여전히 포부와 야망으로 가득 찬 사람일 것이고, 그 야망에 미치지 못하는 실행력을 탓하며 주기적으로 술에 취하곤 할 것이다. 나는 그 오가는 감정의 파도를 몸으로 떠안다가 냉정해진 머리로 장사를 하고 있다, 그는 그가 꿈꾸던 사장님이 된 나를 용서하지 못할 것이다, 아니 어쩌면 대견해 할까. 모르겠다.

서울역이 반짝이기 시작했다. 밤이다. 우리가 헤어지던 시간.

그만하자. 말한 것은 나였다. 하지만 그 말을 하게 한 것은 그였다. 일주일의 한 번, 그 소중한 시간을 그의 원대한 청사진에 대한 프레젠테이션으로 보내는 것에 지쳤었다.

"오빠 그럼 작게라도 해봐."

거기까지 했어야 했다. 자존심을 건드리는 건 절대, 절대 안 되는 일이라는 걸 알지만, 알지만. 크리스마스에까지 몇 번째일지 모를 사업구상을 듣고 앉아있는 것은 진절머리가 났다.

"말로만 하지 말고."

그래. 그 한 마디 때문에 우리는 헤어졌다. 화가 난 그가 호텔방을 박차고 나갔다. 눈 오는 창문을 바라보며 나는 화를 내다가, 걱정을 하다가, 울며 전화를 걸다가, 지쳐 잠이 들었다.

그는 돌아오지 않았다. 다음날 아침 나는 혼자서 체크아 웃을 했고 몇 날 며칠을 자책과 걱정과 미안함에 취해 살았다. 소주 몇 병은 그때 내 고통에 후시딘만큼의 효과도 주지 못했다. 차라리 다음날의 숙취가 더 나았다. 괴로워 토하는 몇 분간은 그를 잊을 수 있었으니까.

얼마나 지났을까. 그에게서 메마른 문자를 받았고, 기대 반 자포자기한 마음 반으로 떨떠름하게 마주선 서울역에서 나는 그 딱딱한 얼굴에 대고 할 수 있는 말이 딱 한 가지뿐이라는 것을 아프게 깨달았다.

"오빠."

"…."

"할 말 없어?"

미안해 한 마디면 되는데. 그리고 안아주면 다시 돌아갈 수 있잖아.

하지만 그는 얼음성처럼 딱딱했다. 눈길조차 주지 않고 땅만 보는 그에게 나는 마지못해 마지막 인사를 했다.

"알겠어. 잘 지내."

잘 지내. 잘 지내. 그 세 글자가 떨리지 않게 하기 위해 얼마나, 얼마나 아랫입술을 질끈 깨물었었나. 비릿한 피맛과 차가웠던 겨울바람, 그러거나 말거나 불빛 화려한 연초의 서울이 참. 미웠다. 미웠었다.

이 마지막 부분을 떠올릴 때면 늘 심장 한 켠이 아릿했었는데. 오늘은 또 그런대로 괜찮네. 시간이 많이 지나서 그런가보다, 역시 시간이 약이지. 믹스커피 하나를 탔다. 그가 내려주던 먼 옛날의 캡슐커피 생각이 난다. 아직도 네스카페를 마시려나. 달큰한 커피 한 모금을 삼켰다.

문득 궁금하다.

잘 살까. 잘 살고 있을까.

이 저녁, 어디서 뭘 할까. 누구와 무엇을 먹고 무엇을 보며, 어떤 생각을 하며 살아갈까.

* * *

토요일, 그 저녁, 그 식사.

그 파스타와 그 촛불이. 생생하다.

그는 와인 한잔이 채 비워지기 전에 사과를 했었다.

"매뉴얼에 대한 건 죄송합니다."

"아니에요. 다 맞는 말이었는데요."

"사실은 질문들을 만들어내느라 고생을 좀 했습니다."

"만들어요? 뭘요? 질문을요? 왜요?"

미쳤어요?가 턱끝까지 치밀어오르기에, 삼키느라 애를 썼다. 내 상기된 얼굴을 보며 그는 미안함인지 장난기인지 모를 웃음을 지었다.

"왜냐하면… 이 이야기는 산행 때로 거슬러 올라가는데."

가을산행?

"그때 맨 앞에 앉아 계신 걸 보면서 예쁘시다고 생각했습니다. 아니, 사실은 완전히 제 이상형이십니다."

나는 삼키던 커피를 뿜을 뻔 했다. 이 사람에게 이런 칭찬을 들을 거라고는 상상도 못했던 일이다. 그런데 그는 커피를 분수처럼 쏟아낼 만한 이야기를 줄줄 이어갔다.

"그래서 어떻게든 연결고리를 만들려고 한다는 게 그렇게 됐습니다."

"그런데 한두 번도 아니고 열 번을. 다 답변해 주셔서… 솔직히 감동 받았습니다. 찾아오시게까지 하려는 의도는 없었지만, 저는 정말 좋았습니다."

어린이날 솜사탕을 받은 아이 같은 표정으로 말하는 그가 처음으로 귀엽게 보였다.

"어제 사과를 드리려고 했는데, 대화가 너무 즐거워서 타이밍을 놓쳤습니다."

할 말을 잃고 앉아있는 나에게 그는 물었다.

"괜찮으시면 이렇게 자주 뵈도 될까요? 이제 더 이상 매뉴얼로 만들어 낼 질문이 없어서요."

완전 무방비 상태에서 날아 들어온 마지막 질문이, 당황스럽고 뜨악했다. 무엇보다 그 돌직구 같은 말에 빨개진 내 얼굴이 못 견디게 황당했다. 좋아요도 싫어요도 아니게 나는 고개를 끄덕였고 그는 수백 명의 사람 앞에서 사회를 잘 마치고 인사하던 때 보다 수억 배는 환한 미소를 지으며 뒷목을 긁적였다.

그랬다, 그게 우리의 '1일' 이었지.

* * *

주문서를 대충 정리하고 나도 가방을 챙겼다. 어차피 평일 저녁은 오가는 사람도 별로 없다. 불을 하나하나 끄고 문 앞에서 문을 잠근다. 매일같이 하는 일인데 기분이 새롭다. 평생 회사원일줄 알았는데. 해고나 마찬가지였던 휴직, 답답했던 시절을 지나 어엿한 쇼핑몰 사장님이 되어있는 스스로가 가끔은 신기하고, 낯설다. 늘 나를 유치원생 다루듯 하던 그는 대견하다고 칭찬해줄까.

끼익 —

하얀 차 한 대가 주춤주춤하더니 매장 앞에서 멈춘다. 이 시간에 이 골목에 웬일이람.

"어머 문 닫으시나보다."

조수석 창문에 앉은 여자가 아쉬움 가득한 표정으로 말을 걸었다.

"아, 퀘스천마크 찾아오셨어요?"

"네… 오늘 인스타에서 보고 왔는데. 지금 닫으시는 거에요?"

아쉬움과 기대감이 버무러진 표정으로 여자는 물었고, 나는 별 수 없이 다시 문을 열었다.

"일부러 찾아와주셨는데 열어야죠. 들어오세요!"

여자는 감사합니다를 연발하며 차에서 내렸다. 불을 켜고 오늘 왕창 팔린 벚꽃 귀걸이를 꺼내 보여준다.

"와 정말 예뻐요…!! 실제로 보니까 더 예뻐요."

눈웃음이 참 예쁜 여자였다. 스물여섯이나 됐을까. 앳된 얼굴에 생글생글 미소가 떠날 줄 모르는 젊음이 매장까지 밝히는 것 같다.

"이건 얼마에요? 독특해요!"

매장 곳곳을 오가며 귀걸이를 고르는 모습이 귀여워서 추천도 하고 설명도 하며 담소를 나눴다.

"피부 톤이 밝으셔서 보라색도 괜찮으실 거 같아요."

"보라색이요? 한 번도 안 해봤는데."

"요즘 진짜 많이 보시는 컬러예요."

하얀 레이스가 달린 연보라색 스톤 귀걸이 하나를 꺼내 보였다. 여자가 거울에 비추어 보며 고개를 끄덕이는 것을 보니 나까지 뿌듯해진다.

"마음에 드는 거 골랐어?"

훤칠한 남자가 들어서며 여자를 부른다. 고개를 들어 맞이하는데.

그대로 우리는 몇 초간 마주친 눈을 돌리지 못했다. 내가 보고 있는 사람이 내가 알던 그 사람이 맞나 싶어서.

"응~ 언니가 예쁜 거 골라주셨어!"

여자는 행복해 죽겠다는 미소를 지으며 귀걸이를 들어올렸고 남자는 웃을락 말락 입꼬리를 씰룩인다. 민망할 때면 나오는 그 표정. 그의 세포 하나하나가 움직이는 방식을 알고 있던 예전의 내가 갑자기 눈을 뜬 것 같다. 십 년 동안 타지 않던 자전거에 다시 몸을 실은 것처럼. 어색하지만 뒤뚱 뒤뚱 페달을 밟으며 내 신경은 아직도 그를 기억하고 있는 것이다.

"언니~ 이거 두 개 주세요."

그가 계산할 차례였다. 여자친구가 뭘 사는 걸 끔찍이도 싫어하는 사람이었으니. 이 짧은 시간 동안 그의 머릿속에서 돌아가는 오만가지 생각이 내게도 똑같이 울리는 것이 싫다. 그는 결코 이 가운디 안의 신을 넘지 못한다.

"그냥 가져가세요."

"어머, 무슨 말씀이세요. 문까지 다시 열어주셨는데."

"괜찮아요. 멀리서 오셨는데. 선물이에요."

여자는 무슨 말인지 모르겠다는 표정을 지었다. 그래, 모르겠지. 알아서도 안 되고. 나는 쇼핑백을 여자의 손에 쥐어준다. 잠시 망설이던 그녀는 이내 환하게 웃으며 고개를 숙였다.

"감사합니다! 자주 구매할게요~"

해서도 안 되고 할 필요도 없는 이야기가 참 많다. '멀리서'의 위치며 지명, 그곳의 온도와 당신 옆의 남자가 사는 곳까지 하나하나 알고 있다는 이야기는 굳이 하지 않았다. 매장을 나서며 여자는 두어 번 더 고개를 숙였지만 그는 끝내 내게 눈길을 주지 않았다.

그냥 한번 보고 싶었을 뿐이다, 남자로서가 아니라 그 좋았던 시절을 공유한 사람으로서. 잘 살고 있기를 바랐고, 그는 내 바람대로 행복하게 지내고 있다. 원하는 대로 사업을 하고 있는지, 통영에 게스트하우스는 지었는지, 지난여름 송정에서 서핑은 했는지 모르겠지만. 매장에 들어설 때 여자에게 건넨 말투에 담뿍 담긴 애정이 그의 행복을 여실히 드러내고 있었다. 그걸로 됐다. 하얀 차가 멀어졌고 나는 한동안 앉아있다가 매장문을 닫았다.

나쁜남자증후군

"야, 저 여자 몸매 실화냐?"

러닝머신을 달리고 있는 혜정의 귀에 점잖지 않은 대화가 들려온다.

'다 들린다, 이놈아'

혜정은 그들의 시선이 부담스러워 러닝머신에서 내려와 레그 프레스로 이동한다. 저런 남자들을 하루 건너 하루 간격으로 만나왔지만 오히려 더 공허해질 뿐이다. 만남을 반복할수록 깊어지기보다 가벼워지는 요즘을 가만히 되짚어보면 그냥 내 연애관 자체가 문제인가, 자책하게 되는 혜정이었다. 레그 프레스기에 앉아 심호흡을 하면서 생각한다. 여자는 자기를 공주님처럼 사랑해주는 남자를 만나야 행복하다는데, 혜정은 필요 이상으로 자신을 사랑해주는 남자에게 큰 매력을 느끼지 못했다. 자신이 안달낼 때는 세상 멋지게 보이던 사람도 막상 헌신적으로 변하면 금세 사랑이 식어버리는 것이다. 그래서 혜정의 연애는 늘 짧고 자극적이었다. 오래 서로를 아끼고 존중하는 연애는 선택된 소수의 이야기 같다는 생각이 들 때면, 이 상황 자체가 형벌 같다. 혜정을 있는 그대로 사랑해준 착한 남자를 알아보지 못한 것에 대한, 벌.

* * *

투명한 눈과 갈색 머리칼을 가진 남자가 있었다. 햇살 아래 서면 동공이 고양이처럼 반짝이는 눈이었다. 혜정은 그 눈 앞에서 모든 상처와 슬픔이 눈 녹듯 사라지는 기분을 느끼곤 했다. 진호와 혜정이 처음 만난 곳은 어느 공원 벤치와 같은 공원의 산책로였다. 같은 날 두 번 마주친 두 사람은 산책로가 끝나는 언저리에서 누가 먼저라고 할 것 없이 '저기…', '아, 먼저 말씀하세요', '혹시 실례가 되지 않는다면…'과 같은 이야기를 더듬더듬 주고 받았다. 첫눈에 반했다는 것까지는 아니지만 분명 두 번의 만남으로 헤어지기에는 아쉬운 인상을 받았던 건, 맞다. 둘 중 누가 더하고 덜 할 것 없이.

커피 한 잔을 하고 일본 라멘을 한 그릇 먹고 나가사키 짬뽕에 사케를 기울이며 두 사람은 깨달았다. 이 사람을 놓치면 안 되겠다. 이자카야를 나오고서 혜정의 어깨에 손을 올린 건 진호였지만 그 손에 입을 맞춘 건 혜정이었다. 오늘부터 1일, 같은 유치한 멘트는 없었지만 자연스럽게 향한 진호의 자취방에서 혜정은 그 입맞춤이야말로 최고의 선택이었다고 생각했다. 하늘이 옅은 남색으로 변할 때까지 할 수 있다면 시간을 멈춰서라도 한 번 더, 다시 한 번만 더 몸을 포개고 싶었기 때문이다.

"너무 좋아서 이상해."

"나도, 나도 그래. 오빠."

진호와 혜정의 연애는 이상적인 연애에 가까웠다. 진호의 세상이 무너지면 혜정이 보듬어 안았고, 혜정의 하루가 고되면 진호의 토닥임이 응원이 되었다. 사랑을 원동력 삼아 새로운 도전을 하고, 성취하는 매일을, 혜정의 친구들은 몹시 부러워했다. 진호는 혜정의 모든 과정을 묵묵히 응원했다. 네일아트 자격증을 따던 날, 처음 면접을 봤던 날, 적당

한 축배와 선물로 혜정을 축하한 것은 늘 진호였다. 행복하다고 생각했다. 만족스러운 혜정의 삶에 물방울이 떨어진 것은 출근하기 시작한 네일샵 실장님의 연애스토리를 듣게 되면서부터였다. 그녀의 남자친구는 하루가 멀다하고 퇴근 시간에 맞추어 데리러 왔는데 그 차의 가격을 인터넷에 검색해본 혜정의 눈은 휘둥그레졌다. 진호는 차는커녕 면허도 없는데 실장님의 남자친구는 좋은 차와 좋은 집, 바다를 보고 싶다고 하면 바다로, 나무가 보고 싶다고 하면 숲으로 데려갈 수 있는 경제력을 갖추고 있었다.

어느 날 샵을 정리하고 있던 혜정에게 실장님의 남자친구가 말을 걸었다.

"혜정 씨, 이번 주말에 약속 있어요?"

무슨 일인가 싶어 개미만한 목소리로 '아니요'라고 답하자 남자는 큐피트 역할을 하는 게 영 익숙하지 않다는 듯 머쓱하게 웃으며 말했다.

"지난번에 민아 데리러올 때 친구놈 하나가 제 차에 타 있었는데 자꾸 혜정 씨 생각이 난다고 그래서…괜찮으면 민아랑 같이 넷이서 식사 한 번 하시죠."

혜정은 떨떠름하게 고개를 끄덕였다. 고개를 끄덕이게 한 것이 새로운 사람에 대한 호기심인지 그 남자의 시계였는지는, 잘 모르겠다. 네 사람이 저녁식사를 하기로 한 날, 혜정은 민아에게 물었다.

"실장님. 혹시 저 남자친구 있는거 이야기하셨어요?"

민아는 당연한 걸 왜 묻냐는 표정으로 말했다.

"아니."

"왜요?"

"사람 일 어떻게 될지 모르는데 뭘 굳이 말해."

이윽고 샵 앞에 멈춰선 검정색 벤츠의 등장에 두 사람의 대화는 그렇게 끝이 났다. 민아의 남자친구, 준혁이 예약한 식당은 네 사람만 오붓하게 앉아서 한우를 즐길 수 있는 곳이었다. 와인을 마시며 이야기를 하고 있노라면 테이블 옆에 선 깔끔한 남자분이 먹는 속도에 맞춰 고기를 구워주었다. 혜정 옆에 앉은 남자는 혜정의 접시에 와사비며 소금이 떨어질라치면 그라인더를 갈거나 스푼으로 덜어 주었다. 준혁과 민아는 그 모습을 보며 정말 잘 어울린다고 박수를 쳤다. 식사를 마치고 나오면서 혜정은 자연스럽게 카드를 내미는 준혁과 '오빠 잘 먹었어'라고 팔짱을 낀 민아의 모습이 낯설게 느껴졌다. 카드를 받은 남자는 한 달 월세의

절반 정도 되는 금액을 말했는데 '잘 먹었어' 한 마디로 끝나는 건 이상했다. 대리 기사님을 기다리면서 혜정은 민아에게 속삭였다.

"너무 많이 나온거 아니에요? 나눠서 내는게…."

"그냥 평소랑 비슷한데 뭘. 괜찮아 맛있게 먹었으면 됐어."

대수롭지 않게 대답한 민아는 준혁의 차를 타고 '내일 봐' 하며 떠났다. 벙찐 표정으로 서있는 혜정에게 준혁의 친구, 영진이 말을 걸었다.

"혜정 씨, 제가 집까지 모셔다 드려도 될까요?"

호빵맨 같은 미소를 띤 영진의 이마가 반질반질 빛나는 것을 보며 혜정은 망설였다. 그렇지만 이내 순순히 고개를 끄덕였다. 그냥 집에 한 번 데려다 주는 것 뿐이다. 영진은 은색 BMW의 뒷좌석에 혜정을 앉히고 자신은 조수석에 앉았다. 대리 기사님이 혜정의 원룸 앞에 도착할 때까지 영진이 한 것이라곤 재즈 사운드를 조금 올린 것뿐이었다. 구불구불 오르막길을 지나 오렌지빛 가로등 앞에 도착하자마자 영진은 뒷좌석 문을 열고 혜정이 내리는 것을 도왔다.

"늦은 시간에 감사해요."

"너무 부담갖지 말고 그냥 편한 오빠동생으로 밥 한번 해요."

혜정은 영진이 내민 핸드폰에 토독토독 11자리 번호를 적었다.

"그럼, 안녕히 주무세요 혜정 씨."

번호를 저장한 영진은 고개 숙여 인사를 했다. 혜정은 은색 BMW가 어둑한 골목을 빠져나가는 것을 한동안 바라보았다.

시간은 차분히 흘렀다. 영진은 혜정보다 여섯 살이 많았다. 밥 한번 먹고 술 한잔하는 것이 데이트라기보다 인생 선배와의 편안한 자리 같은 느낌이 컸다. 하루는 마지막 손님의 아트가 워낙 복잡했던지라 헐레벌떡 청소를 하고 샵을 나섰는데도 아슬아슬하게 막차 시간을 놓치고 말았다. 택시를 타자니 원룸까지 택시비만 해도 3만 원이 족히 나올 터라 한숨이 나왔다. 순간 혜정은 영진의 매끈한 BMW를 떠올렸다.

"안녕하세요 영진 씨."

"어, 혜정 씨 웬일이에요 이시간에."

"저… 죄송한데… 민폐 한 번만 끼쳐도 되나요?"

혜정의 SOS에 영진은 한달음에 달려왔다. 조수석에 앉아 안전벨트를 매며 혜정은 말했다.

"이런 걸로 연락하면 안 되는데. 죄송해요."

"미안하면 나랑 저녁 먹고 들어가면 안 돼요? 저 밥을 못 먹어서."

"저녁이요, 그래요 좋아요."

영진이 데려간 곳은 혜정의 집과 조금 거리가 있는 판교 인근의 거리였다.

"이쪽이 저희 집 근처라 제가 맛집을 많이 알거든요."

그런데 12시가 다 되어가는 시간에 문을 연 곳이 많을 리 없다.

"아, 시간이 늦어서 다 문을 닫았네. 어떡하죠?"

그때 혜정의 머릿속에 순진한 것인지 위험한 것인 지 모를 발상이 떠올랐다.

"그냥 영진 씨 집에서 먹어도 되는데."

"네? 어… 저는 상관 없는데. 혜정 씨 괜찮아요?"

혜정이 무슨 일이야 있겠냐는 표정으로 고개를 끄덕이자 영진은 차를 돌리며 '마침 집에 한우며 새우며 있는데, 며칠 째 따지 못한 샴페인도 있는데 잘됐다'는 말을 중얼거렸다.

신이 났다,는 게 온 몸으로 느껴지는 것이 어째 귀엽게 느껴졌다. 영진의 오피스텔은 도시의 야경이 한눈에 내려 보이는 널찍한 창문이 있었다. 그 창문가에서 맛 좋은 고기와 샴페인을 삼키며 영진과 신나게 이야기를 나누던 혜정은 어느 순간 스르륵 잠이 들었다. 잠결에 누가 혜정의 어깨와 무릎 아래를 들어 옮기는 것을 느끼긴 했다. 사각사각한 이불이 덮이는 것과 문이 닫히는 것도. 다음날 아침, 혜정은 잠든 그대로 깨어났고 그녀의 속옷은 가슴과 엉덩이에 어제와 똑같은 상태로 붙어있었다. 그 하룻밤만에 혜정은 영진을 신뢰해 버렸다.

불장난일 수 있던 만남이 산불로 번지기 시작한 건 그해 가을이었다.

[단풍 구경 안 갈래요 혜정 씨?]

높아진 하늘에 안 그래도 마음이 싱숭생숭하던 차에 듣던 중 반가운 소리였다. 취업 준비에 여념이 없는 진호와 하루에 한두 번 연락 할까 말까 하던 혜정은 영진의 제안을 수락해버렸다. 이름만 들었지 한 번도 가본 적 없던 단양에서 깨끗한 선루프 너머로 보이는 울긋불긋한 단풍은 공원의 가로수보다 열 배는 더 아름다웠다. 굽이굽이 언덕을 달리던 영진의 차가 산 중턱에 멈춰섰다. 금강산도 식후경이라는데 단풍 절경을 보며 즐기는 식사를 빼놓을 수 없었다. 인삼 촌닭 하나를 주문하고 마실거리를 고르는데, 인삼 동동주에서 눈을 떼지 못하는 영진을 보며 혜정은 말했다. 처음이 어렵지 두 번은 그닥 떨리지도 않았다.

"자고 갈까요?"

혜정의 말에 숨은 뜻이 있는지 찾아보려는 듯 영진의 눈동자가 흔들렸지만, 이내 친절한 멘토의 표정으로 돌아왔다.

"깔끔하게 먹고 내일 아침에 바로 올라가는거로?"

"좋아요."

촌닭 한 마리가 홀라당 사라지고 두 번째 동동주 통이 비워질 무렵, 진호에게 전화가 왔다. 화장실에 다녀오겠다고 일어선 혜정은 지금 좀 피곤하다는 말로 일축하고 영진과의 시간에 집중했다. 술은 입에 착 감기게 맛이 좋았고 아는 것도 경험한 것도 많은 연륜있는 대화는 혜정의 귀를 즐겁게 했다. 동동주 한 병을 사들고 식당에서 멀지 않은 호텔의 트윈 객실로 들어간 두 사람은 밤이 늦도록 다양한 주제에 대해 이야기하다가 잠이 들었다. 혜정이 눈을 떴을 때 영진은 운동을 하러 나가고 없었다. 혜정은 비어있는 침대를 보며 그 부재에 허전함을 느끼는 스스로를 꾸짖었다.

서울로 돌아온 혜정은 죄책감이 들 때마다 플라토닉적 사랑이라고, 이건 바람이 아니라고 자기합리화를 했다. 이 사람과 많은 대화를 하고 시간을 보내긴 하지만, 어떤 스킨십도 하지 않았으니까, 사랑이긴 하지만 바람은 아니지 않을까? 그래서 영진이 크리스마스를 함께 보내자고 제안했을 때도 혜정은 거절하지 않았다. 진호와는 크리스마스 당일 저녁에 만나기로 하고 이브 날에는 친구들과 파티룸을 예약했다고 말했다. 영진도 혜정의 친구인 셈이니까, 거짓말은 아니라고 되뇌었다.

크리스마스 이브 날, 혜정은 대학 동기 두 명을 더 초대했다. 방 세 개짜리 큼직한 방에서 영진의 친구들과 혜정의 친구들은 여러 병의 봄베이와 조니워커를 비웠다. 트리에서는 전구가 깜빡였고 간간이 울리는 혜정의 핸드폰 진동소리도 점차 잦아들었다. 술이 얼큰하게 올랐을 때 혜정은 현관문 쪽 침대방으로 들어간 것, 같다. 혜정이 들어갔을 때는 분명 불이 켜져 있었는데 어느 순간 불이 꺼졌다. 침대 위에 묵직한 무게감이 느껴지더니, 혜정의 몸 위로 올라와 있었다.

"영진 씨?"

혜정은 손을 더듬어 어깨를 잡았다. 혜정의 입술을 찾는 숨소리가 거칠었다.

"영진 씨예요?"

응, 나예요, 라는 목소리는 분명 그 사람의 것이 맞았지만 혜정의 속옷을 벗겨내는 손놀림은 친절한 그의 것과 달라도 너무 달랐다. 잠깐만, 을 반복하던 혜정은 대답없이 입술과, 목과, 가슴에 내려앉는 숨소리에 눈을 감아 버렸다. 그의 혀에 한가득 실린 알콜내음이 들어오고 나갈수록 깜깜한 방 외에 모든 것들이 아득해졌다. 혜정의 몸 위로 줄타기하는 손가락은 순식간에 두 뺨을 달아오르게 할만큼 능숙했고 갈수록 젖어드는 밤을 밀어내는 순간, 이 관계까지 끝날지 모른다는 불안이 밀려드는 영진을 마주 안게 했다.

다음 날 아침, 영진은 웃으며 혜정을 집까지 데려다 주었고, 그것으로 끝이었다.

그날 이후 연락이 오지 않았다. 혜정의 전화와 문자는 메아리없는 외침이 될 뿐이었다. 혜정은 그 이유를 아직까지도 알지 못한다. 조금 더 공이 많이 들어가는, 한 번 자면 끝날 여자였던 것인지 그냥 싫증이 난 것인지 새로운 여자가 생겼던 것인지. 지금도 혜정은 영진의 침묵을 이해할 수 없다.

영진과 잠자리를 가진 다음 날, 유난히 살뜰하게 입을 맞추는 진호를 보면서 혜정은 이루 말할 수 없는 죄책감을 느꼈다. 6개월 후 혜정의 입에서 헤어지자는 말이 나온 것은 당연한 수순이었는 지도 모른다.

헤어지던 날 진호는 투명한 눈으로 이유를 물었고 혜정은 딱히 대답할 말을 찾지 못했다.

"착한 사람이라서. 너는 너무 착한 사람이라서."

간신히 떨어진 입에서 나온 말은 추상적이기 짝이 없었지만 그는 고개를 끄덕였다.

뒤돌아 선 모습이 마음에 오래오래 남는다.

진호는 한 번도 뒷모습을 보인 적이 없었고, 혜정 이외에 다른 여자에게 한눈을 판다거나 관계가 끝난 후 태도가 변한다거나 할 일이 전혀 없는, 착한 남자였다. 섹스 후 관계를 정리하는 남자와는 비교조차 할 수 없는 착한 사람. 그래서 혜정은 그를 사랑할 수가 없었다. 무슨 짓을 해도 온전히 내 것이라는 평온이 혜정에게는 매력적이지가 않은 것이다. 오히려, 언제 끝날 지 모르는 긴장감으로 목을 조여오는 나쁜 관계에 끌린다. 이러면 안된다고, 저 사람은 반드시 나에게 상처를 줄거라고 스스로를 다그쳐도 호감은 마음의 영역이라 생각처럼 되지를 않는다. 그때부터 였나. 지금까지 변함없는 이 몹쓸 끌림이 한결같이 혜정을 불행하게 만드는 걸 보면, 나쁜 남자에게 눈길이 가는 이 현상은 불치병이 분명하다.

맑은 날

: 그의 하루

은은한 클래식이 고요한 방을 채우기 시작한다. 모차르트의 아리아가 큼직한 소리를 낼 때쯤 아침이 온다. 빛보다 음악으로 하루를 여는 것도 나름 운치가 있다. 눈을 비비고 이불을 걷어낸 그는 차가운 바닥을 딛고 스위치를 켠다. 햇빛을 꽉꽉 차단하는 블라인드와 함께 살아온 지 벌써 3년. 그녀가 떠나던 날, 빛을 바라보는 일이 힘겨워진 그는 블라인드를 설치했다.

간단한 샤워를 마치고 토스트가 바삭한 소리를 내기를 기다리면서 드립커피를 따른다. 토스트 몇 개와 샐러드, 커피와 신문이 그의 아침식사다. 모든 것이 간소해졌다. 모든 것이 이전과 다르다. 그녀는 세상 분주한 사람이었다. 눈을 뜨기가 무섭게 방 안을 산토끼처럼 뛰어다니며 준비를 했다. 밥을 차리는 것인지 탭댄스를 추는 것인지 — 그 가벼운 몸동작을 반쯤 감긴 눈으로 바라보는 것을 좋아했었다. 따끈한 오믈렛과 냉장고 속 반찬 몇 가지를 올리는 것으로 상차림이 끝난다. 그리고나서는 언제나처럼 반복되던 멜로디.

"오빠, 밥 다됐어 일 어 나."

한 자 한 자 띄엄띄엄 발음하던 똑부러진 목소리가 선명하다. 어떤 음악에도 쉬이 묻히지 않던 그 선명한 음색.

'오.빠! 밥 다 됐다니. 까!'

괜히 더 듣고 싶어서 이불을 둘둘 말은 채 그 모습을 바라보면 살금살금 다가올 차례. 이제는 정말 일어나야 한다. 아니면 손가락이 옆구리며 목이며 파고들어 간지럽힐테니까. 익숙했던 아침의 모습이다, 웃음과 생기가 넘쳤던.

그는 반쯤 남은 커피를 싱크대에 부어 버리고 옷장을 연다. 셔츠와 면바지를 대충 걸치고 머리를 매만지지만, 그 시간은 별로 길지 않다. 어둑한 방에서 단장하는 것이 그닥 내키지 않아서다. 곱게 보일 대상도 없는데 시답잖은 시간을 내는 것이 싫었다. 그녀가 떠난 후 싫은 것들 투성이다. 그는 택시를 호출하고 한숨을 내쉬었다. 가장 힘든 것은 그놈의 검은 차였다. 그런데 서울은 운전하다 보면 시꺼먼 자동차들 투성인 것이다. 그때부터 그는 운전대 잡기를 서서히 포기해버렸다. 금새 도착한 택시 뒷좌석에 앉자마자 눈을 감는다. 그림자같이 달라붙는 그녀의 잔상을 잊으려는 노력이었겠지만 눈을 감기가 무섭게 또다시 기억이 재생된다.

그닐. 그날은 햇살이 아주 밝은 날이었다. 꽃다발을 들고 그녀와의 약속장소로 걸어가던 발걸음이 생생하다. 투명한 낮의 공기 속에 횡단보도 너머에 있는 모습을 보고 신이 났었다. 핑크색 원피스와 살짝 웨이브진 머리가 멀리서도 빛이 났다. 특별한 오늘을 위해 식사도, 영화도 공들여 예약해뒀기에 기대 가득한 미소로 손을 맞잡았다.

"오빠 오늘 진짜 멋지다."

꽃다발을 받고 환하게 웃어주던 얼굴이 떠오른다.

"튤립! 너무너무 예뻐. 고마워."

그 눈에 가득찬 건 행복. 행복 그 자체였다. 우리 사이에 어떤 감정도, 어떤 사건도 들어올 틈이 없었다. 없다고 생각했다.

그때. 검은 차 한 대를 바라보고는 그녀의 옆 얼굴이 차게 굳어갔었다. 운전석에 앉은 사람과 눈이 마주친 것일까, 잠시 멈춰서던 모습. 그리고, 갑자기 내 손을 놓고 달려가던 그녀.

그걸로 끝이었다.

나는 그렇게 영문도 모른 채 그녀를 잃었다.

안녕, 인사를 전할 새도 없이. 자책을 해야 할지 원망을 해야 할지 모르는 채 하루가 간다.

: 그녀의 이야기

대학을 졸업하기가 무섭게 웨딩드레스를 입는 일이 요즘 같은 때에 흔한 일은 아니다. 친구들은 아우디를 선물해주는 부잣집에 시집을 간다며 부러워했지만 나는 자신이 없었다. 물론 남자친구는 좋은 사람이었다. 삐딱선 한 번 탄 적 없이 엘리트 코스를 밟아온 치대생에게 흠잡을 구석이 있을 리 없었다. 어느 날 그는 캠퍼스 정중앙에서 한 쪽 무릎을 꿇고 민트색 상자를 꺼냈다.

"나랑 결혼해줄래?"

언제 말을 맞췄던지 친구들이 우르르 몰려와 꽃잎을 송이송이 뿌려주었고 나는 세상에서 제일 행복한 표정으로 고개를 끄덕였다. 결혼 후 근 2년간 나는 세상에서 가장 행복한 여자였다.

남편은 착실한 가장의 역할을 다했다. 낮에는 열심히 일했고 밤이면 열과 성을 다해 나를 사랑해주었다. 그 결실로 민아가 들어섰을 때 얼마나 기뻤는지 모른다, 기쁘다는 것이 나와 그, 둘의 몫이라고 생각했는데.

언제부디였을까, 그의 눈빛은 눈에 띄게 차가워져갔다. 매일 일곱 시면 칼같이 들어오던 사람이 여덟 시, 아홉 시, 새벽 귀가까지도 잦아졌다. 진한 양주냄새로 휘청이며 들어오는 모습이 역겨웠다. 어디서부터 어떻게 붙잡아야 할지 모르는 채로 나는 울부짖었다.

"도대체 왜 그래?"

말 없는 남편의 등 뒤에 대고 뭐가 문제냐고 악다구를 쳤지만 그는 한숨만 내쉬고 안방 문을 닫았다. 혼자 바라본 화장대 거울 속에는 퉁퉁 부은 여자가 처량하게 앉아있었다. 하염없이 처참했다. 캠퍼스 커플로 5년을 연애하다가 한 결혼이었으니 그에게 예쁜 여자, 는 나 하나가 전부였다. 임신 전에는 그랬을 지 모른다, 결혼 후에도 좀 차려입고 호텔 바에서 그를 기다리면 은근슬쩍 추파를 던지는 남자들이 꽤 있었으니까. 하지만 눈에 띄게 살이 붙고 피부까지 뒤집어지기 시작한 지금의 나는, 그가 알던 비너스와 달랐다. 이제 그에게 세상 모든 여자가 새로운 여신들로 보였는 지 모른다. 회식을 핑계로 와이셔츠에 립스틱을 덕지덕지 묻혀오던 날 나는 임신한 배를 가리키며 니가 사람이냐고 소리를 질렀다. 그때라도 내가 미안해, 하고 다가와 안아주기를 바랬다. 이제부터 잘할게, 한 마디 따뜻하게 해주면 좋았을텐데.

"그만해. 듣기 싫어."

차라리 칼로 찌르는 게 나았을 지 모른다. 그가 남긴 말은 차갑다 못해 날카로웠고, 나는 그 길로 짐을 싸서 친정으로 갔다. 당장이라도 이혼 도장을 찍고 싶었지만 부른 배 속의 발길질이 나를 붙잡았다. 힘을 내야 했다.

남편이 남긴 상처들이 떠오를 때마다 몸에 좋다는 음식들을 삼켰다. 낯선 여자의 향수가 코를 찌르는 환각이 들 때면 태교에 좋다는 음악이며 영상이며 책이며 아무튼 모든 다른 것에 온 신경을 집중했다. 그것만이 내가 살 수 있는 방법이었다. 한 순간이라도 정신을 놓으면 나와, 아이까지 어딘가로 사라져 버릴 것만 같았다. 혼자 병원에서 민아를 낳던 날. 남편은 꽃다발을 안고 병실 앞에 찾아왔다. 애써 꾸며낸 미안함과 안쓰러움이 담긴 표정이 가소로워서 웃음이 났다. 나는 바닥에 꽃다발을 내팽개지고 말했다.

"왜 왔어?"

벙찐 표정으로 쳐다보던 그의 대답이 기가 찼다.

"그럼 아빠가 와야지."

"아빠? 니가 아빠야?"

아빠, 라는 말을 듣는 순간 억장이 무너지고 눈물이 쏟아졌다. 내 삶이 어쩌다 이렇게 되버렸는지 누구에게라도 이유를 들어내고 싶었다. 남편은 그날 이후 병원에 찾아오지 않았다. 이따금씩 꽃과 편지를 보내오긴 했다. 그게 내 마음을 아주 조금은 흔들었던 것 같다. 틀러버린 결혼 생활이지만 조금씩만 더 노력한다면 어쩌면. 어쩌면 민아가 살아갈 내일은 조금 더 정상적일지도 모른다.

산후조리원을 나오던 날.

나는 3개월의 시간 동안 추스린 생각 끝에 그에게도 기회를 줘보자고 마음을 먹었다.

[오빠 어디야?]

짧은 문자를 보내기 무섭게 전화가 왔다.

"응. 괜찮아? 이제 나왔어?"

"어디야?"

"나… 나 지금 일 때문에 호텔이야. 이제 세미나 들어가."

"몇 시에?"

남편은 시간을 주저했다. 새내기 때부터 시간관리에 철저했던 사람이 세미나 시간을 모른다는 건 말이 안됐다.

"이 앞에 거기지?"

"어? 어."

그의 주 생활반경은 눈감고도 빤했다. 알았어, 로 전화를 끊은 나는 차로 5분이 채 걸리지 않는 호텔 로비에 도착했다. 그리고 거기서 허겁지겁 여자의 손을 잡고 엘리베이터 버튼을 누르는 뒷모습을 보고 말았다. 어이가 없었다.

"김용환 씨."

귀신이라도 본 듯한 표정을 짓는 그를 한 번 부르고, 미친 년 보듯 하는 여자를 한 번 쳐다보고는. 그렇게 호텔로비를 나섰다. 뺨이라도 쳐야했을까? 드라마에서처럼 여자의 머리채라도 잡고 흔들어야 했을까?

무심하게도 나는 둘 중 어느 행동도 하고 싶지 않았다. 그만한 가치도 느끼지 못했다는 말이 더, 옳을 것이다.

"엄마 나 이혼할래."

담담한 딸의 말에 엄마는 착잡한 마음으로 고개를 끄덕여 주었지만. 시댁 식구들의 생각은 달랐다. 앞길이 창창한 의사선생님을 나이 어린 신부가 못 이해해준다고 결사 반대였다. 이미 행복한 가정생활을 시작한 착실한 아빠로 가면을 써 두신 상태라 이혼은 말도 안되며, 아이 역시 예쁘게 집에서 지라주어야 한다는 주장이었다.

"그럼 저는요?"

나는 눈물을 삼키며 변론했다.

"저는 밖에 나도는 남편 눈뜬 장님처럼 보면서. 애 키우다 죽나요?"

시어머니는 혀를 차며 지밖에 모르는 년이라고 했다. 시아버지는 끙, 하더니 일어섰다. 남편은 돌처럼 차가울 뿐이었다.

한참을 울다가, 울다가 아무 결론도 내지 못한 채 친정으로 돌아왔다. 민아는 아무것도 모르는 채 새근새근 자고 있었다. 잠든 민아를 내려보면서 얼마나 넋두리를 했는지 모른다. 엄마가 미안해, 라고 하다가 너는 엄마처럼 살지 마, 푸념 섞인 말을 하다가 한편으로는 또, 고마워 라고 하다가.

반쯤 일렁이는 눈에 민아를 얼마나 담았는지 모른다. 내 딸, 세상에 하나뿐인.

하지만 그 싸움에서 나는 완전히 졌다. 나 하나 건사하기 막막한데 민아까지 데려올 수는, 없었다. 가끔씩 남편은 미안하다고 다시 잘해보자고 찾아왔지만 미워할 감정도 남아 있지 않은 나에게 그 방문은 귀찮을 뿐이었다. 오히려 새 출발에 방해만 되는 것 같아 연고가 전혀 없는 강 너머 동네로 이사를 가 버렸다. 그리고서 전공을 살려 자그마한 디자인 회사에 취직을 했던 게, 그와 나의 계기였다.

"초록색을 엄청 잘 쓰시네요?"

내 작업물을 이따금씩 칭찬하던 그는 디자인 회사의 젊은 대표였다. 창의적인 일을 하는 사람이라 그런지 나이가 묻어나지 않는 얼굴에 늘 활기가 넘쳤다.

"쓰기 어려운 색이잖아요, 초록이. 까다롭고."

"인생살이만 하겠어요."

늘 밝은 티만 내던 나의 그 대답이 그에게 색다르게 다가왔다고 했다. 차 한잔할까요가 밥 한 끼가 되고 술 한잔이 되다가 공공연한 사내 커플이 되기까지 그닥 긴 시간이 들지 않았다. 큰 일을 겪으면서 남의 눈따위 신경쓰지 않기로 한 내 성격이 한 몫 했는지도 모른다.

행복했다. 맑은 햇살 아래 맞잡은 손이, 나를 향해 한 겹 거짓도 없이 웃어주는 그 얼굴이, 못 견디게 아름다웠다.

"오빠 오늘 진짜 멋지다."

그리고 안겨주던 튤립. 영원한 애정을 뜻하는 매혹적인 꽃이라니. 꽃이라고는 장미밖에 몰랐던, 열렬한 사랑의 목적어를 늘 다른 곳에서 찾았던 누군가와 정반대인 이 사람이 너무 고마웠었다.

"튤립! 너무너무 예뻐. 고마워."

그렇게 행복이 예정된 다를 바 없는 하루였다.

어디서 많이 봤지 싶은 그 차만 아니었더라면 나는, 그 분홍 원피스 차림 그대로 행복했을지도 모른다.

남편의 차였다. 순간 잠깐은, 심장이 덜컥 내려앉는 듯 했다. 하지만 그 당혹감도 잠시, 그러거나 말거나 당신이 잘 알고 있는 나의 새로운 연인과 행복한 순간을 연기할 심산이었다. 당신이 내게 했던 그 잔인한 일을 나도 똑똑히 보여주겠다고.

하지만 곧 조수석에 앉은 눈동자를 마주한 순간, 나는 도망칠 수밖에 없었다. 유치원복을 입은 민아가 앉아있었다.

아무리 시간이 지나도 잊을 수 없는 그 얼굴, 그 눈동자. 나와 그 인간을 반씩 닮은 그 뽀얀 얼굴은 분명 민아였다.

　왜 도망쳐야하는 대상이 나인지 억울할 틈도 없이 그저 손을 뿌리치고 달렸다. 맑은 날, 나를 가려 줄 그늘 한 점 없는 도시 아래 하염없이 눈물이 났다.

첫사랑이 슬픈 이유

이렇게 너를 추억해도 되는 것인지, 모르겠다.

결혼식장을 나오며 생각했다. 첫사랑의 결혼식에 두 눈 시퍼렇게 뜨고 앉아있는 전 여자친구는 상진상이라고 생각했는데, 막상 그 당사자가 되어보니 생각만큼 끔찍하지도, 불편하지도 않았다. 탈탈 털어도 눈물 한 방울 나오지 않을 만큼 애썼기 때문인가. 피로연장에 인사를 나온 그에게 나는 진심으로 축하의 말을 건넸다.

"현석아, 축하해."

나는 정말 아무렇지 않은데. 남자친구였던 시간보다 친구인 시간이 2배는 더 기니까, 이제 정말 담담한데. 왜 그의 눈에 민망한 빛이 어리는 지 모를 일이었다.

"어, 고마워."

10년 지기 동네 친구들은 나와 현석이의 인사를 보며 낄낄 웃었다. 진상 중의 상진상을 장식하고 있는 내 모습이 웃겨 죽겠다는 듯. 신랑과 신부가 피로연장을 떠나자, 민수는 오랜만에 만났는데 우리도 한잔하자고 부추긴다. 열다섯 그때처럼, 술자리를 벌이는 데는 아주 도사님이 따로없다. 그럴까, 했지만 새신랑이 된 현석이와 술잔을 부딪힐 자신이 없었다. 불과 몇 달 전 있었던 일을 떠올리면, 더더욱.

13년 전에도 현석이는 나쁜남자였다. 중학생이라고 하기에는 한참 훤칠한 키로 껑충 학교 담을 넘는 모습에 나는 홀딱 반해버렸다. 하루가 멀다하고 담배며, 술이며, 오토바이며, 각종 문제로 징계를 받는 그였지만 그러거나 말거나 나는 그 애가 좋았다. 멀찍이서 바라만 보던 자타공인 일진남과 짝꿍이 되었을 때, 내 광대가 어디까지 올라갔는지 물어볼 필요도 없다. 붙어있을 시간이라곤 수업 시간뿐인데, 교과서만 폈다 하면 쿨쿨 잠만 자는터라 말 한번 붙여볼 수 없었다. 뭐 좋은 방법 없을까 고민하다가 생각한 것이 ─ 낙서였다. 3교시 과학 시간이었나, 정말 심심해서 말을 거는 거지 절대 너에게 관심이 있어서 그런 게 아니라는 느낌을 주기 위해 엄청난 노력을 기울이며 공책에 글자를 썼다.

[과학은 진짜 노잼이야]

꼬부랑 글씨와 나를 번갈아 보던 현석이는 잇몸을 내보이며 활짝 웃고는, 공책을 자기 품으로 가져가 펜을 끄적었다.

[과학만?]

[과학이 특히.]

[아닌 것 같은데]

[넌 잠만 자면서 뭘 그래]

[너도 수학이랑 기술가정 때는 졸잖아]

순간 뺨이 화끈 달아올랐다. 졸다가 들킨 민망함이 아니라, '너도 나를 보고 있었구나!' 라는 기쁨에. 빨개진 볼을 감추려 손부채질을 하는 나를 보면서 현석이는 빙글 웃었다.

친구들은 도대체 저 코찔찔이 양아치가 어디가 좋냐고 혀를 내둘렀지만 — 낙서 편지와 교복 자켓 빌려입기, 늦은밤 문자하기 신공으로 그 애는 내 남자친구가 되었다. 등굣길이 그렇게 기다려질 수가 없었다. 매일 꽃길을 걷는 것 같았던 날이 흘러 나의 열다섯 번째 생일날이 돌아왔다. 설레는 마음에는 한 가지 생각밖에 없었다. 남자친구가 어떤 이벤트를 준비했을까. 수업 시간 내내 별다른 말이 없길래 방과

후 엄청난 일이 기다리고 있겠지, 했다.

"정서야, 수업 끝나고 나라네 집에서 파티하자!"

식판을 내려놓으며 '파티'를 발음하는 혜지를 보면서, 아, 나라네 집에서 뭔가를 준비했구나, 라고 확신했다. 혜지는 내 가장 친한 친구이기도 하지만 현석의 절친이기도 했으니까. 나는 수줍게 고개를 끄덕였다. 빨리 6교시가 후루룩 넘어가버리기를 바라면서. 수업이 끝나고 나라네 집으로 향하는 발걸음이 얼마나 가벼웠는 지 모른다. 잠깐 있어보라며 나를 방에 집어넣는 친구들의 모습을 보며 나는 한껏 기대감에 부풀었다.

"나 나가도 돼?"

"잠깐만, 야 이거 여기다 꼽아야지!"

속이 다 뻔한 이야기를 들으며 쿡쿡 웃을 때까지만 해도 정말 기분이 좋았다.

"어, 이제 나와!"

빵빠레같은 목소리에 눈을 빛내며 나간 거실에는 나라와 혜지와 지영이, 그리고 오예스 케이크가 있었다. 알록달록한 풍선과 귀여운 선물도 있었다. 이것만으로 충분히 감동이어야 하는데, 나도 모르게 실망감이 비쳤나보다. 혜지는

쭈뼛쭈뼛 말을 꺼냈다.

"아니… 현석이도 데려오려고 했는데…."

"전화를 안 받아. 원래 옷장에서 케이크 들고 나오려고 했는데."

"이 참에 그냥 헤어지면 안돼? 걔 좀 이상해 맨날 다른 학교 여자애들 만나고."

"야! 박지영! 너 뭔 소리 하는거야!"

평소에도 코찔찔이 양아치라고 탐탁지 않아 했던 지영이의 샐쭉한 목소리에 혜지가 짜증을 낸다. 금방이라도 눈물이 떨어질 것 같은 나를 달래는 것이다.

"그러니까 우리끼리 촛불 불고, 노래방 가자!"

"그래 곧 연락 오겠지."

떨떠름하게 고개를 끄덕였다. 곧 연락이 오겠지. 어쩌면 다른 이벤트를 준비중일지도 몰라. 그렇게 케이크를 맛있게 먹고 노래방으로 간 우리는, 기다렸다. 무슨 일인가가 생기기를, 기다렸다. 해가 저물고 9시 뉴스도 다 끝나갈 때까지, 노래를 부르다 부르다 목이 쉬어버릴 때쯤 왈칵 울음이 터졌다. 이게 뭐야 도대체, 남자친구에게 생일 축하한다는 문자도 못 받는 생일이라니. 이제 부를 노래도 생각이 안나서 조용히 앉아있던 중에, 혜지의 핸드폰이 울렸다. 잠깐 엄마 가게에 다녀오겠다고 나갔던 나라였다.

"뭐? 너 지금 어딘데?"

무슨 소리를 들었는 지 몰라도 몇 마디 나누기도 전에 잔뜩 성이 난 혜지는 핸드폰을 들고 바깥으로 나갔다. 그리고는 10분이 넘도록 돌아올 줄을 몰랐다. 혼자 나를 달래던 지영이도 슬슬 신경이 쓰이는 눈치였다.

"아우 진짜 얜 또 왜 안 온대."

"현석이한테 연락온 거 아닐까? 가보자, 응?"

물 먹은 말미잘 같은 표정으로 말하는 나를 말리지도 못하고 엉거주춤 쫓아오던 지영이. 그리고 노래방 앞에서 전화기를 붙잡고 교장선생님처럼 화를 내고 있는 혜지. 전화기 너머에서 '아니 임현석이 맞긴 한데 지금 어떤 여자애랑 같이 걸어가고 있다니까, 아 그걸 어떻게 붙잡어 너 미쳤냐,'를 반복하는 나라.

미안하고, 짜증나고, 억울한 기분이 들었다. 왜 나 때문에 친구들까지, 이 아름다운 봄날 이러고 있어야 하는 걸까. 노래방 앞에서 꺼이꺼이 우는 여자애 하나와, 어찌할 바를 모르는 친구들. 정작 당사자는 사과도 해명도 않는 웃기고 슬픈 봄날이었다. 그날로 그 애와의 관계를 끝냈더라면 달랐을까. 나의 첫사랑도 좀 정상적으로 반짝였으려나. 눈이 떠지지 않을만큼 펑펑 울다 잠든 밤에 목이 말라 잠깐 깼더니 문자 한 통이 와있었다.

[미안해 생일 축하해]

정성도 애정도 없는 그 여덟 글자가 뭐라고. 나는 현석이를 용서했다. 아직은 그 애 없는 하루를 상상할 수가 없었다. 그 난리를 치고도 내가 현석이를 계속 만난다는 사실에 친구들은 거의 노조파업 수준으로 짜증을 냈다. 이듬해 생일날 친구들과 가평인가로 놀러가서 나를 실망시켰을 때도, 다른 학교 여자애와 바람이 나서 헤어졌다가 다시 만났을 때도. 이 악순환에서 상처받는 건 나 하나뿐이라는 걸 알면서도 멈출 수가 없었다. 그냥 지금이 행복하니까. 내일은 모르겠고 오늘은 그의 손을 잡을 수 있으니까.

학교에서 알아주는 문제아와 연애를 하면서 내 일상이 어떻게 변했는 지는 불보듯 뻔했다. 그 전에도 바른생활 학생이었다고 보기는 어려웠지만 일탈의 강도는 점점 높아져서 남자친구가 마시는 술 나도 마셔보고 친구들 다 피우는 담배도 한 모금 피워보고. 그렇게 낮보다 밤 나들이에 익숙해졌다. 이러면 안 될 것 같다는 생각은 했지만 그렇다고 무엇을 어떻게 해야 할지는, 알 수가 없었다.

하루는 또 무슨 잘못을 해서 교실 화분에 물을 주고 있었다. 반에서 내가 딱 한 명 멋지다고 생각했던 친구가 머뭇머뭇 다가와 말을 걸었다.

"정서야 안녕."

"응 신애네?"

"선생님 벌주는 방식 진짜 특이하지."

"그니까. 여기 다 물주고 나면 교무실 화분까지 돌아야 돼."

"그래도 넌 진짜 착하다."

"응?"

"너니까 교무실 화분에까지 물도 주지."

갑작스러운 칭찬에 머쓱해졌다.

"있잖아 너 지난번에 공원으로 사생대회 나갔을 때 나한테 물어봤던 거."

몇 주 전, 학교 뒤 공원으로 전교생이 와르르 몰려가서 그림 그리고 글쓰는 대회를 열었었는데, 신애가 미술선생님처럼 잘 그리기에 도대체 어떻게하면 이렇게 그릴 수 있냐고 물어봤던 게 생각났다. 그때 신애는 얼굴을 홍당무처럼 물들이며 웅얼웅얼 했었는데 그러게 그 대답이 뭐였는 지 가물가물했다.

"맞아! 내가 너처럼 그리려면 어떻게 해야되냐고 그랬는데 너가 안 알려줌."

"에이, 지금 알려주려고. 나 어렸을 때부터 화실을 다녀서 그런데. 너 괜찮으면 나 다니는 화실 같이 가볼래?"

"화실? 그게 뭐야."

신애는 차분히 화실이라는 곳에 대해 이야기를 했다. 그림을 그리는 학원인데, 열심히 잘 그리면 예술 고등학교에 갈 수 있다고 했다. 예술, 이라는 말이 참 멋있다고 생각했다.

"진짜? 멋지다. 나 그냥 놀러가도 돼?"

"어, 내가 선생님한테 여쭤볼게."

갑자기 내 삶에 불쑥 들어온 '화실'이라는 곳에 한 번 놀러가고 또 두 번 놀러가다 보니 그 쾌쾌한 물감 내음과 웅장하게 올라앉은 석고상의 면면이 퍽 친숙해졌다. 엄마는 미술이고 뭐고 정상적인 학생처럼 뭔가를 배우기만 하겠다면야 상관없다고 했다. 그렇게 얼렁뚱땅 시작된 예고입시. 몇 달이 지나면서 이젤에 4절지를 대고 집게를 착착 꼽는 일, 4B

연필을 아찔하게 깎아내는 일이 익숙해졌다. 빠레트를 깨끗하게 씻고 울트라 마린을 살포시 풀어내는 희열을, 물맛나게 정물을 그려내는 뿌듯함을 알게 되면서 나는 자연스럽게 남자친구와 멀어졌다. 본격적으로 입시가 시작되어 아침 8시부터 고 새벽 2시까지 그림만 그리던 여름 밤, 물감에 더러워진 손가락으로 확인한 핸드폰에는 몇 시간 간격으로 도착한 문자가 남아 있었다.

[바빠?]

[바쁜가 보네]

[만나서 말하려고 했는데 아무래도 안되겠어. 헤어지자.]

몇 번째 읽는 지도 모르겠는 헤어지자는 문자가, 슬펐다. 그런데 슬프기보다 일단 너무 피곤했다. 슬라이드를 내리고 침대에 쓰러지듯 몸을 던졌던 그 밤에 눈물이 났던가, 잘 모르겠다.

눈에서 멀어지면 마음도 멀어진다는 말에 공감하는 몇 달이었다. 정신 없이 지나간 몇 달간 가끔 울기도 하고, 생각나는 그 애의 목소리에 가슴이 미어지기도 했지만 나는 계속 그림을 그렸다. 겨우겨우 예술고등학교에 합격했고, 개천에서 용났다는 축하에 으쓱하며, 살아갔다. 살아갈 수 있다는 것이 이상했다. 현석이 없이 나는 어느 발부터 내딛고 걸어야 할지조차 결정할 수 없다고 믿었었는데, 그 없이도 먹고, 자고, 웃으며 살아갈 수 있다는 것이 소름끼치게 낯설었다.

고등학교의 새로운 생활에 익숙해지고, 대학 압박이 시작되어 머리가 아팠던 어느 가을 날 저녁. 책상에 앉아 마음에도 없는 모의고사 문제집을 들여다 보고 있었을 때, 1년간 액정에서 볼 수 없었던 번호로 전화가 울렸다. 나는 이 전화를 기다렸던 걸까, 평생 울리지 않기를 바랐던 걸까. 망설이는 동안 전화가 끊겼다. 아 1초만 빨리 받을 걸 후회하는 순간, 다시 전화가 울렸다. 여전히 같은 번호로 울리는 핸드폰을 바라보다 혹시라도 또 끊길까 황급히 통화 버튼을 눌렀다.

"뭐해?"

안녕도, 오랜만이야도 아닌, 어제밤까지 전화했던 것과 같은 목소리로 현석이는 물었다.

"뭐하고 있어?"

대답 없는 나에게 두 번째 물어오는 목소리에 웃음이 났다.

"공부하고 있었어."

"뭐야, 너가 무슨 공부야~"

"나 요즘 공부 완전 열심히 하거든?"

"어디야."

"집이지, 책상 앞. 너는?"

"난 밖이지, 알잖아."

알잖아. 내가 알던 그의, 우리의 일상, 정말 일상적이던 이야기를 주고 받다가 전화를 끊었다. 현석이는 아직 그 세상에 있었다, 낮과 밤이 바뀐, 항상 시끌벅적한 세상. 지금 그가 있는 곳 주변에도 반드시 또 새로운 여자친구들이 있겠지. 순간 나는 그에게 누구보다 특별한 여자가 되고 싶어졌다. 치마가 짧고 화장이 짙은 예쁜 여자 말고, 정말 특별한 여자, 멋지고, 그래, 똑똑한 여자. 방금 전까지 아무 의미 없던 문제집이 조금 다르게 보이기 시작했다.

열여덟, 또 열아홉. 하루에 2-3개의 모의고사를 풀고 입시 준비에 녹초가 된 밤이면 현석이를 생각했다. 그의 주변을 채운 여자와는 완전히 다른 모습으로 빛날 언젠가만을 생각했다. 가끔씩 그는 열일곱의 가을날과 같은 목소리로 전화를 걸었다. 그때마다 나는, 책상이었고 그는, 밖이었다. 어딘지 모를 그 밖,이라는 말을 나는 소유하고 싶었다. 그의 옆에서 바깥의 일원이 되고 싶었다. 그때와는 다른 모습으로, 무언가 멋진 모습으로.

열아홉의 11월, 한 개씩 틀린 언어와 외국어 시험지를 앞에 두고 느꼈던 울렁거림, 실기 시험을 마치고 돌아오던 택시 안에서 느꼈던 묘한 자부심을 기억한다. 합격 소식을 듣던 날, 나를 휘감았던 감정은 고생한 시간에 대한 뿌듯함도, 이제 되었다는 개운함도 아닌, 당당하게 현석이에게 전화할 수 있다는 안도감이었다. 이제서야 비로소 내 손에 온전한 열쇠가 생긴 기분이었다.

새내기가 된 3월의 어느 날, 나는 용기를 내어 현석이에게 전화를 했다.

"뭐해?"

잠깐의 침묵을 깨고 싶어 조바심을 숨기고 한 번 더 물었다.

"뭐하고 있어?"

전화기 너머 그의 웃는 소리가 들렸다.

"그냥 있지."

"뭐야, 너가 그냥 있을 리가 없잖아~"

"어디야?"

"집. 너는?"

"나는 학교 — 너가 웬일로 집에 있어?"

일상. 일상적인 이야기를 1분 정도 주고 받고 끊을 때쯤, 나는 우리의 관계에서 최초로 용기를 냈다.

"놀러와 현석아. 우리 학교 구경하자."

* * *

노을이 어스름한 봄날 저녁, 현석이는 학교 정문 앞에 서 있었다. 내가 사랑해 마지 않았던 찌그러진 미소도, 하얀 피부와 오똑한 콧날도 그대로, 그대로였다. 반가움에 가슴이 터질 것 같았다.

"와, 여기가 너 학교야? 대박."

정문 여기 저기를 둘러보던 그는 나를 똑바로 보며 말했다.

"축하해. 고생한 보람 있네."

뿌듯했다. 엄마, 아빠, 선생님, 그 어떤 친구들의 축하보다 나에게 더 묵직한 축하였다. 자꾸 새어나오는 웃음을 주체하지 못하며 캠퍼스를 걸었다. 걸어서 5분이면 끝나는 작은 캠퍼스를 거닐고 나오니 어둑어둑했다.

"이제 뭐할까?"

"여긴 너 구역 아니야?"

"야, 같은 서울에 구역이 어딨어. 너가 나보다 훨씬 많이 놀아봤잖아."

"난 동네에서만 있어서 잘 모르지."

시시콜콜한 이야기를 주고 받으며 가장 커다란 술집에 들어갔다. 이제는 불법이 아닌 빳빳한 우리의 신분증을 내보이며 마주 앉고 나니, 아까까지 멀쩡했던 심장이 요동치기 시작했다. 그 소리가 테이블 너머에 들릴까봐 괜시리 입술을 깨물었다. 그리고 무슨 이야기를 했더라.

그저 그의 말을 들었다. 그의 새로운 여자친구 이야기를 들었고, 그 동안의 생활에 대해 들었다. 열다섯, 열여섯의 추억 이야기가 4년이 지나서도 안줏거리처럼 흘러나오지 않았다. 그날이 나에게는 아직도 어제처럼 생생해서, 그 이별들이 아직도 아파서 농담처럼 꺼내며 웃을 수가 없었다. 나 너를 위해 이렇게 열심히 노력했어,가 나올까봐 한 잔 마실 술을 두 잔 마셨고, 이제 다시 시작할 수 있지 않을까,가 나올까봐 소주를 한 병 더 시켰다.

그도 우리의 옛날을 다시 이야기하지 않았다. 그저 술집을 나왔을 때 손을 내밀었다. 어제 잡던 손을 오늘 다시 잡는 것처럼 당연하게. 우리는 손을 잡고 밤거리를 한참 걸었다. 아스팔트를 쾅쾅 울리는 음악 소리가 가까워졌다. 어둑어둑한 지하를 내려가 귀를 찢을 듯한 음악 속에서 우리는 한참 춤을 추었다. 뒤에서 나를 꼭 안은 현석이의 팔이 반갑다가, 이상하다가, 싫어졌다. 졸린 눈을 비비며 풀었던 문제집과 열 손가락 밑에 항상 물들어 있던 갖가지 물감들이 정말 그를 위한 것이었나, 고작 이런 순간을 위해서였나. 그의 여자친구에게 미안해졌다. 그날의 나처럼 바르르 떨며 울어줄지는 모르겠지만, 어쨌든 이제 나의 남자친구가 아닌데도 나를 안고 몸을 흔들고 있는 그에게서 떨어지고 싶어졌다. 감긴 팔을 뿌리치고 황급히 바깥으로 나온 나를 따라 나온 그의 표정은 어리둥절했다.

"집에 가자."

물음표 가득한 현석이의 손을 놓으며 말했다.

"2달 후에, 우리 생일에 다시 만나."

생각을 정리할 시간이 필요했다. 너가 보고 싶었던 것도, 손을 맞잡고 싶었던 것도 맞는데 이런 식은 아니라는 복합적인 감정을, 일목요연하게 설명하는 것은 갓 스무살이 된 나에게 너무 벅찬 일이었다. 그래서 미뤄버린 것이다. 그는 내 울 것 같은 표정을 보면서 그래, 그러자고 했다.

2달은 싱숭생숭하게 지나갔다. 나는 그를 여자친구로부터 빼앗아오는 방법을 몰랐다. 감히 상상조차 못했다는 것이 맞겠다. 평소처럼 두 사람이 헤어지기를 기다려야 한다고 생각했다. 다시 나에게 기회가 오기를, 언제나 그랬듯이. 하지만 지금 여자친구랑 헤어질 때 그 애 옆에 아무도 없을까? 지금까지 연애 패턴으로 봐서 그럴 확률은 매우, 낮았다. 그렇다면 나는 용기를 내야한다, 최소한 마음을 전할 필요는 있었다. 뭐라고 말하지, 여기에 생각이 미치면 머릿속이 새하얘졌다. 세상 모든 사람 앞에서 낼 수 있는 자신감이, 꼭 그 애 앞에서는 다 사라져버린다. 이러지도 저러지도 못한채 생일이 하루 앞으로 다가왔다. 평소와 똑같이 들어선 과실에서 친구들은 케이크에 초를 붙여 노래를 불러주었다.

아직 11시도 안 됐는데. 내 생일은 13시간도 더 남았는데.

그런데 이상하게도 그날은 축하해주는 사람이 유독 많았다. 잠깐 들른 동아리방에서도 케이크를 받았고 팀플하는 사람들을 만났을 때도 박수를 받았다. 그렇게 하루를 보내고 묵직한 케이크들을 들고 돌아오는 길에, 나는 고백해야겠다는 다짐을 했다. 이렇게 많은 사람들의 사랑을 받을 정도로 나 멋있는데, 조금 더 용기를 내도 되지 않을까, 작은 자신감이 반짝였다.

생일 당일, 나는 동네 친구들을 불러모았다. 점심 때부터 문자를 남기긴 했지만 현석이만 답장이 없었다. 그래도 알아서 시간 맞춰 나오겠지 했다. 모두 모인 자리에서 안주도 나오고 술병도 올라왔는데 아직도 그 애만 나타나지 않는 게 좀 이상했다.

"현석이는 어딨어?"

무심한 듯 물었다. 그런데 아무도 대답을 하지 않았다. 몇 번을 다그치니 친구 한 명이 말한다.

"아, 걔 엄마가 못 나오게 하셨어."

"야, 열다섯 살에도 술 먹고 돌아다니던 애가 스무살에 못 나오는게 말이 되냐!"

"아, 진짜라니까."

"진짜같은 소리하네, 나 진짜 괜찮으니까 진실을 말해봐."

"그게 진실이라니까!"

"야! 누굴 바보로 아냐!"

빽 소리를 지른 나는 한참 화를 냈다. 나 이제 어린애 아니니까 여자친구가 못오게 했다고 해도 이해할거고 다른 여자랑 있느라 늦는 거라고 해도 뭐라 안 할테니까 그냥 솔직하게 말해달라고 촛불도 불지 않고 씩씩거리고 있으니 다른 친구가 낮은 목소리로 말했다.

"감옥에 있어."

"뭐?"

진짜 지독한 몰래 카메라라고 생각했다. 어이가 없어서 웃음이 났다.

"너희 정말 말도 안 되는 장난 많이 치는거 아는데 이건 심하잖아."

노발대발하는 나에게 그 친구는 이어서 설명했다. 현석이를 포함한 세 명이 오토바이를 타고 가다가 운전하던 친구가 소매치기를 했다고 한다. 소매치기를 당한 아주머니가 가방을 놓치 않아서 오토바이에 끌려가며 상해를 입었고, 오토바이를 사용한 3인 이상의 범죄는 죄질이 더 높아져서 지금 나올 수 없다고. 귀에 들어 박히는 말들이 너무 명료해서 뭐가 진짜고 뭐가 가짜인지 구분할 수가 없었다. 그렇게 착한 애가 왜? 너무 많은 물음표가 튀어나와서 말을 이을 수가 없었다. 정말 잘하겠다고 고백하려고 했는데, 아직도 너를 많이 좋아하는데. 케이크를 앞에 두고 한참을 울었다.

5년 전 그때처럼, 아직도 현석이 앞에서 내 생일은 행복해질 수가 없었다.

친구들에게 묻고 물어 교도소 주소를 알아냈다. 접견 예약을 하고 나니 기분이 멍했다. 화장에 일가견이 있던 친구 집에서 3시간 동안 단장을 했다. 화장 하나는 끝내주게 못하는 내 얼굴에 웬일로 잘 입혀진 파운데이션과 마스카라가 어색했다. 접견 시간을 기다리며 사식을 판매하는 곳에 놓인 책들을 살펴보았다. 에쿠니 가오리의 냉정과 열정 사이가 있었다. 내가 현석이와 이별할 때마다 몇 번을 고쳐 읽으며, 한 사람이 놓지 않는 한 관계는 끝나는 것이 아니라고 정의하게 만들었던 책. 계산을 하고 그의 이름을 적으면서 전해달라고 했다.

기다리는 짧은 시간동안 만감이 교차한다. 무슨 말을 해야 할까, 위로를 해야할까, 늦었지만 생일 축하를 해야할까, 그냥 지금이라도 돌아갈까. 별별 생각이 다 드는데 내 순서가 왔다. 긴장되는 손바닥을 쥐락펴락하며 접견실에 들어섰다. 들어가는 입구 위에 10이라는 빨간 숫자가 떴다. 10분. 짧다고 생각했는데, 막상 유리창 너머 앉아있는 그의 얼굴을 보고 나니까 뒤돌아 나가고 싶었다.

"이런 모습으로 보니까 민망하다."

현석이는 찌그러진 미소를 지으며 말했다.

"괜찮아."

그리고 침묵. 이렇게 얼굴만 마주보다 끝낼 수는 없다. 아무 말이나 해야겠다. 그래서 생일 파티 이야기를 했다. 친구들이 술 취해서 한강 공원에서 춤을 추었다는 둥, 너가 없어서 정말 아쉬웠다는 둥, 나오면 한 번 더 한강에 놀러가자는 이야기를 생각 나는대로 쏟아냈다.

"필요한 건 없어?"

호호 할아버지처럼 내 재잘대는 소리를 듣던 그는 잠깐 생각하더니 짧게 대답했다.

"편지 써줘."

"편지! 나 편지 잘 쓰지~ 내가 많…."

방을 울리던 내 목소리가 끊겼다. 마이크가 꺼지고 벨이 울렸다. 현석이가 들어왔던 문이 열렸고, 그는 멋쩍은 미소로 방을 나섰다. 내가 들은건 민망하다는 첫 인사와 편지 써줘, 네 글자 뿐이었다. 수다스러운 내 자신이 몹시 미웠다.

교도소 문을 나오는데 구슬프게 비가 내렸다. 빨간 꽃무늬 원피스에 송이 송이 젖어드는 게 빗물인지 눈물인지 몰랐다. 좋아한다고 말했어야 했는데. 그때부터 지금까지, 항상 너의 편이라는 말을 했어야 했는데. 10분이 너무 짧았다고 탓하기에는 5년이 참 길었다.

후회가 밀려들 때마다 나는 스케치북에 편지를 썼다. 내게 일어나는 모든 일상들을 적었다. 답장도 없는 긴 긴 편지를 숙제하는 초등학생처럼 열심히 썼다. 오늘은 축제 연습을 했어, 매일 춤을 추니까 몸이 부서질 지경이야, 로 시작했던 편지에는 체육대회 연습, 밤새 그림을 그린다는 핑계로 이어지는 술자리, MT와 여름 농활까지 나의 대학 생활이 몽땅 담겼다. 현석이는 이따금씩 아주 긴 숫자가 나열된 번호로 전화를 걸어왔다. 처음에는 이상한 보이스피싱인 줄 알았는데 나중에는 감옥에서 걸려오는 그 전화만 기다렸다. 길어야 10분 남짓한 그 전화에서 우리는 시시콜콜한 일상을 부지런히 이야기했다. 어디야,만 빼고 모든 질문이 오가는 그 시간이 좋았다. 좋다고 믿는 것이 지난 시간에 대한 예의라고 생각했는지도, 모른다.

크리스마스가 왔다. 친구들은 모두 쌍쌍인데 나는 혼자 겨울을 보냈다. 그런 내가 안쓰러웠던지 대학 친구 하나가 소개팅을 권했다.

[정서야 너 이번주 토요일에 바빠?]

[아니~ 그냥 집에 있지 뭐]

[그럼 남자 소개 받을래? 진짜 괜찮은 오빠가 있어서.]

[아니야, 괜찮아.]

[응? 왜? 너 남자친구 있었나?]

아니, 라고 적는데 허탈한 기분이 들었다. 나는 현석이의 그림자를 끌어안고 있을 뿐, 이건 연애도 뭐도 아니었다.

'사랑을 해야지. 진짜 사랑을 해야지 도대체 뭐하는 짓이람.'

홧김에 소개라는 것을 받아봐야겠다는 생각이 들었다.

[없어. 소개시켜줘! 만나볼래]

답장을 보내고 침대에 벌러덩 누워버렸다. 머리가 복잡했다. 혼자 하는 사랑이 아닌 둘이 하는 사랑을 하고 싶어 고개를 돌리려는데 방법을 몰랐다. 지금까지 현석이말고는 누구도 사랑해 본 적이 없어서 어떻게 사랑을 해야하는 지 알 수가 없었다. 그래도 노력을 해 봐야겠지.

그때 그 친구가 소개해준 사람과 잘 되었던 것 같지는 않다. 그렇지만 그 이후로도 누군가를 만나서 밥을 먹고, 술을 먹고, 손을 잡고, 웃어보았다. 좋았다. 그런데 그에게 느꼈던 새빨간 감정에 비하면 누구도 핑크빛 이상의 감정을 주지 못했다. 그래도 나는 쉬지 않았다, 쉴 수가 없었다. 현석이의 목소리가 떠오를 때마다 새로운 남자를 소개 받았다. 겨울 바람에서 그가 즐겨 피우던 알싸한 담배향이 섞여 올때면 누구에게든 전화를 걸어 만났다. 몇 명을 만났는지도 모를 스물 하나가 끝날 때쯤, 나는 남자와 사랑 자체에 염증을 느꼈다. 모든 것이 다 지겹고, 지루했다. 어린 날, 내 심장을 뛰게했던 그 사랑만 진짜 사랑이었다고 믿었다. 그것은 사랑도, 애정도 아닌 나 혼자 만든 집착이었다는 생각을 전혀 하지 못한 채 스물 셋이 된 봄날, 현석이는 출소를 했다.

출소 하기 한 달 전, 그는 내게 전화를 걸었다. 몇 번 허락되지 않는 귀한 전화로 내게 연락을 해 온 것은 여러 번이었지만 이번 전화는 조금 길었다. 모범수로 선발되어 1박 휴가를 허락받았다고 했다. 교도소 안에 지어진 팬션에서의 휴가지만, 가족들과 함께 있다고 말하는 목소리에서 참 오랜만의 웃음기가 묻어났다. 5월에 출소한다는 그의 말에 나도 함빡 웃으며 말했다.

"그럼 이번 생일에는 꼭, 보자."

현석이의 생일날은 유난히 햇살이 좋았다. 스무 살에 입었던 빨간색 꽃무늬 원피스를 입어보았다가, 촌스러움에 소스라치게 놀라 던져버리고 새로 산 원피스를 입고 나섰다. 7년 전에 매일같이 만났던 공원으로 걸어가는 길이 유난히 멀었다. 그를 다시 만나는 모습을 천 번도 넘게 상상했지만 막상 그 앞에 서고 나니, 상상에서처럼 BGM이 깔리거나, 갑자기 꽃내음이 나거나, 내 심장이 빨갛게 터져버리는 일은 일어나지 않았다. 생각했던 것보다 그는 키가 작았고, 목소리에 힘이 없었고, 도대체 이 사람의 어디가 나를 미쳐버리게 했던걸까 싶을만큼 그저 그랬다. 한 시간 정도 공원을 걸으면서 살아온 이야기를 했다. 주고 받는 대화에 재미가 없었다. 내가 일상적으로 만났던 다른 남자들과의 대화가 더 재밌었다는 생각이 들었다. 그래도, 좋았다. 이제 편지를 쓰지 않아도 그에게 닿을 수 있다는 게, 목소리를 듣고 싶으면 언제든지 통화버튼을 누르면 된다는 게 참 좋았다.

돌아온 현석이를 축하하면서 친구들 여러 명과 동네 술집에서 술을 마셨다. 친구들은 갓 출소한 현석이를 엄청나게 놀려댔고 나는 치맛바람 센 엄마처럼 친구들을 혼냈다.

"어우, 전여친이라고 엄청 뭐라 그러네 진짜."

"그래, 너 전여친한테 혼나기 싫으면 잘 좀 해."

쭈뼛쭈뼛 어색해하는 그를 보는게 힘들었는데, 시간이 흐를수록 현석이는 예전의 당당함과 유머러스함을 되찾았다. 변하는 모습을 바라보는 것이 뿌듯했다. 동네 친구들과 술자리는 뜸했었는데 현석이를 계기로 한 달에 한두 번은 꼬박꼬박 만나게 됐다. 몇 년 만에 동창회를 벌이는 기분이었다.

그러던 어느 날. 여느 때처럼 열 몇 명이 모인 자리에서 한층 밝아진 현석이가 일을 새로 시작했다고 발표했다. 나무를 재단해서 가구도 만들고 벽도 만든단다.

"와 진짜? 대박이다 현석이 이제 다 컸네."

"그렇지? 내가 맛있는 거 사줄게."

"됐어. 나중에 가구 매장 같은 거 차리면 그때 비싼 거 사."

왁자지껄한 가운데 현석이와 마주앉아 1차로 소주를 엄청 마셨다. 기분이 좋아서 2차로 맥주집을 들어갔다. 그러고도 흥이 안 풀려서 3차로 막걸리집에 들어갔을 때 쯤, 그 많던 친구들은 다 어디로 가고 나랑 혜지, 민수와 현석이만 남았다.

"야, 다 어디갔어?"

"몰라, 다 취해서 도망갔어."

"잘됐네, 우리끼리 마셔."

"뭘 우리끼리야, 아까부터 너네 둘만 이야기하는구만."

"아니거든."

"아니긴. 야 우리도 갈테니까 너네 둘이 많이 마셔라."

민수랑 혜지는 다른 학교 친구들이랑 벌써 약속을 잡았다
며 후다닥 나가버렸다.

"뭐야, 진짜 가는거야?"

"우리도 눈치라는 게 있어, 임마. 간다!"

손까지 휘이 흔들면서 가버리고 표주박과 박덩쿨이 주렁
주렁 칸막이 역할을 하는 막걸리집에 처음으로 둘만 남았
다. 출소 후 그렇게 많은 술을 함께 마셨어도 항상 누군가들
과 함께였는데. 하필 혜지와 민수가 맞은편에 있었던지라,
현석이와 어깨를 맞댄 채 앉은 꼴이 되었다. 아까까지 장난
잘 치면서 놀다가 침묵이라니, 어색했다.

그가 먼저 말을 꺼냈다.

"게임할까?"

"무슨 게임?"

"진실게임."

웃음이 나왔다. 모르는 게 없다면 없는 사이인데 새삼 진
실이라니.

"좋아. 누구부터 할까?"

중학생처럼 가위바위보를 했고 지지리도 못하는 나는 또 가위를 냈다. 여전하네, 라며 주먹을 쥔 채 신나하는 모습이 예전과 똑닮아서 얄미웠다.

"나… 한테 왜 그렇게 못되게 굴었어?"

"야, 처음부터 이렇게 센 질문 하는 법이 어딨냐?"

현석이는 눈살을 찌푸리며 웃었다. 막상 운을 띄우고 나니 어렵게만 느껴졌던 이야기가 술술 나왔다.

"생일 날 그랬던 건 너무했잖아, 여자는 또 왜 그렇게 많이 만났어? 7명 다음부터는 기억도 안난다 야."

현석이는 그 땐 너무 어렸다고, 미안하다고 웃었다. 3년 전, 학교 앞에서 술잔을 기울일 때는 너무 어려워 차마 꺼내지 못했던 추억 이야기가 술술 나왔다. 수학여행 버스에서 손붙잡고 자다가 걸려서 공개적으로 혼났던 일, 세 번짼가 네 번째 다시 만날 때쯤 주고 받았던 러브장, 발이 부르트도록 돌아다녔던 한강과 가끔 불러주던 노래. 그는 생각보다 꽤 많은 부분을 기억하고 있었고, 내가 잊고 있던 추억을 불러일으키기도 했다. 그때 생각나? 아 그랬었지를 오십 번은 더 했던 것 같다. 박수를 치고 웃고 추억에 잠기는 시간이 참 좋았다.

"그래서 이제 너 다음 질문 해봐."

그는 막걸리잔을 한참 바라보다가 내 쪽으로 몸을 돌리고 말했다.

"남자는 많이 만났어?"

"너 좋아하면서 못 만났던 남자들, 스무살 되서 다 만났지 어휴 셀 수도 없어."

"아직도… 좋아해?"

나는 잔에 담긴 술을 입에 털어넣었다. 그 질문은, 너무 어려웠다.

"이제 게임 그만 하자."

마지막 잔을 비우고 술집을 나오니 새벽 4시였다. 노곤함이 몰려와 다리가 후들거렸다. 현석이는 다가와 어깨를 안았다. 친척 오빠가 부축하는 것마냥 자연스럽게 몸을 기댔다. 심장이 떨지 않는다는 것이 신기했다. 새벽까지 단 둘이 술을 마신 남녀 사이에 흔히 감돌기 마련인 묘한 침묵이 길었다. 건너편 모텔을 바라보는 그의 몸을 돌려 세우고 눈을 바라보며 말했다.

"너에게 잘 보이고 싶어서 많이 노력했었는데. 어쩌다 보니 맞지 않았었지, 그래도 고마워. 널 정말 좋아했어."

좋아한다는 말이, 현재형으로 나오질 않았다. 스물 셋이된 내 머릿속에 이미 우리의 삶이 너무 달라져 버렸다는 계산기가 들어선 탓도 있을거고, 7년간 내가 쫓았던 빨간 사랑이 아무 실체도 없는 집착이었다는 것을 깨달아서 일수도 있지만.

손님을 찾던 택시가 우리 앞에 멈춰섰다.

"갈게."

말없이 서있던 그는 이번에도 나를 잡지 않았다. 또 만나, 는 없었다. 굳이 말하지 않아도 어떻게든 만나게 될 거라고 생각했다. 물론 그 다음 장소가 그의 결혼식장일 거라고는 상상도 못했지만. 어쩌면 그 밤 그 인사가 우리의 마지막 인사였는지도 모른다.

을의 연애

연애에 있어 더 사랑하는 사람은 항상, 약자다.

특히 여자가 그 약자일 때 상황은 더 악화되는 것 같다.

주원은 바쁜 사람이었다. 은수가 엔터테이먼트, 패션, 음악 등 여러 개의 사업을 하는 주원의 전문성에 반한 건 사실이었다. 하지만 그런 '대표님'을 사랑하는 것이 항상 2, 3순위가 되어도 괜찮다는 서약을 하는 일인 줄은 몰랐을 것이다. 알았다고 해도 되돌릴 수 있었을 지 모르겠지만.

욕심도 꿈도 야망도 뭐든 한껏 부풀어 있는 4학년 마지막 학기. 은수와 주원은 동아리 모임에서 만났다. 졸업한 선배들부터 이제 갓 입학한 새내기까지 많을 때는 백여 명까지 모이는 큰 자리였다. 은수의 눈에 주원은 척척박사 같았다. 경영이면 경영, 처세면 처세, 정치면 정치 — 삶과 커리어에 대해 그만큼 뚜렷한 가치관을 가진 사람을 본 적이 있던가. 은수 역시 나름의 비전과 미션을 갖고 욕심있게 살아가고 있다고 생각했는데 그 사람의 원대한 야심에 대면 초등학생 장래희망에 불과했다. 그 점이 몹시 끌렸다. 본 받을 수 있는 사람.

은수는 그날 이후 최선을 다해 주원의 마음에 들고자 노력했다. 스물넷인 은수보다 7살 많은 그에게 매력적으로 보이려면 많은 공부가 필요했다. 친구들은 7살 어린 거면 됐지 뭘 연구까지 하냐고 야단이었지만, 은수의 생각은 달랐다. 똑똑한 대표님 주변에 어떤 멋쟁이 언니들의 대시가 있을지 모를 일 아닌가. 은수는 철저하게 조사했다. 주원이 무엇을 좋아하는 지, 무엇을 필요로 하는 지, 내가 해 줄 수 있는 건 뭔지, 어떻게 하면 만날 수 있을지.

이따금씩 밥 한 번 먹는 사이이던 둘의 관계에 스파크가 일기 시작한 건 은수가 문화 공연 기획에 관심을 보였을 때부터였다. 망원동의 한적한 레스토랑에서 함박 스테이크를 자르고 있던 오후에 주원은 넋두리처럼 말했다.

"졸업한 지 오래 되어서 그런가… 이번 공연은 고민이 많아. 맨날 하던 방식대로 하자니 아쉽고 요즘 스타일이 뭔지

감은 안 오고…."

두 눈을 동그랗게 뜨고 듣고 있는 은수를 눈치 챈 주원은 자기도 참 주책이라는 듯 말했다.

"내가 후배님 앞에서 별 소리를 다하지?"

하지만, 은수는 머리에 전등이 켜지는 것 같았다.

"아니에요 선배. 제가 도울 수 있는 게 있는 지 찾아볼게 요."

주원은 숙제를 내 준 선생님처럼 웃었다. 은수의 진지함 은 상상도 하지 못한 채. 주원이 학교 앞에 내려다주기 무섭 게 은수는 동아리 선후배들을 모아 회의를 했다. 노는 것 좋 아하는 언니, 오빠, 동생, 친구들이었던지라 아이디어가 봇 물처럼 터져나왔다. 한강에서 요트를 띄워놓고 파티를 하 자는 것부터 캠퍼스를 돌아가며 공연을 하자는 것까지 쏟아 지는 아이디어들을 거르고 정리하여 ppt를 만들었다. 서울 내 각 학교에 예쁘고 잘생긴 친구들을 사전에 모아 서포터 즈처럼 홍보하자는 것까지 적어넣고 주원에게 전화를 걸었 다. 아이디어를 정리해 봤다는 말에 주원은 너털웃음이었 지만 서포터즈와 모집할 페이스북 페이지 담당자도 알고 있 다는 말에 이르렀을 때에는 처음보다 진지한 목소리로 만나서 이야기하자고 했다. 카페에서 마주앉아 이야기 하는 시간이 늘어났다. 은수는 노트북을 앞에 두고 어깨에서 살짝 살짝 느껴지는 주원의 체온을 느끼는 것이 좋았다. 포토샵으로 공연 포스터까지 만들어 갔을 때, 머리를 쓰다듬는 그 손바닥은 어떤 칭찬과도 비교할 수가 없었다.

시간이 지날수록 큼직한 준비들은 마무리 되어 갔고 공연이 끝나면 '일'을 핑계로 만날 수 없다고 생각하니 은수는 초조해졌다. 공식적인 미팅 마지막 날, 은수는 더이상 미룰 수 없었다. 남자 꽤 만났다 하는 친구 2명을 앉혀두고 선언했다.

"나 내일 고백할거야. 지금까지 중 가장 잘 먹혔던 고백 방법들을 알려줘."

깔깔 웃던 친구들도 술이 한 잔 두 잔 들어가자 조금씩 진지해졌다. 7살 많은 오빠를 사로잡기에 흔한 여우짓은 통하지 않을 것 같았다. 게다가 사업까지 하니까 얼마나 여자를 많이 만나고 봐왔겠어? 그냥 솔직하게 말하는게 제일 낫겠다고 결론을 내리고 여기에 귀여운 스킨십을 더하기로 했다.

해방촌의 길목에서 만난 주원은 평상시처럼 뭐 먹을까,

하고 물었다. 은수는 늘상 피자라거나, 족발이라거나, 라떼
라고 답했었지만 그날은 명료하게 말했다.

"술 마시고 싶어요."

단 둘이 술을 마신 적은 한 번도 없던지라 아리송한 표정
을 지었지만 주원은 흔쾌히 앞장섰다. 저기 와인이 맛있어
라고 가리키는 팔에 다가가 팔짱을 꼈다.

"팔짱 껴도 돼요?"

주원의 동그랗게 커진 눈이 귀여웠다. 엉거주춤 와인바
에 들어설 때까지 은수는 꼭 팔짱을 끼고 걸었다. 마주 앉아
와인을 한 잔 두 잔 기울이며 공연을 자축했다. 주원은 포
스터의 리그램 수며, 서포터즈들의 홍보 효과며 다 은수 덕
분이라고 칭찬했고 은수는 에이 뭘요 손사래 치며 건배 하
기를 여러 번. 두 병을 거진 마셔갈 때쯤 은수는 몸을 숙이
며 물었다.

"선배님, 제가 왜 이렇게 열심히 돕는 것 같아요?"

"모… 모르겠는데?"

테이블은 몸을 조금만 기울이면 얼굴이 닿을만큼 좁았고,
덕분에 축구장만큼 넓었다 해도 어떻게든 달려가서 해버렸
을 키스를 하기가 더 쉬웠다.

"좋아해요."

주원은 어안이 벙벙한 표정으로 쳐다보다가, 한 번 활짝 웃다가, 도대체 왜?라고 묻다가, 그렇게 은수의 남자친구가 되었다. 은수는 세상을 다 가진 것처럼 행복했다. 이렇게 멋진 사람의 연인이 되었다는 사실이 정말, 자랑스러웠다.

처음 몇 달은 모든 것이 좋았다. 주원의 사무실은 개인 공간을 겸하고 있어 부엌과 화장실과 침대까지 준비되어 있었다. 두 사람은 거의 모든 곳에서 입을 맞추고, 살을 맞대고, 섹스를 했다. 주원의 손이 닿는 곳마다 새로운 감각이 피어나는 기분이었다. 지금까지의 모든 연애를 잊게할만큼 능숙한 그에게 은수는 깊이 빠졌다.

만난 지 6개월이 되었을 때, 주원의 사업이 바빠졌다. 출장이 잦아졌고, 세 번째 출장 즈음에는 온다 간다 말도 없이 페이스북에 '상해'를 체크인 하는 것이 아닌가. 깜짝 놀란 은수는 보이스톡을 했다. 받지 않는 보이스톡을 세 번 쯤 하고 참을인을 새기며 카톡을 남겼다.

[오빠, 지금 상해야?]

[응~ 갑자기 오게 됐어. 주말 전에 가니까 그때 봐~]

6시간 동안 답장이 없다가 잠들기 직전에 온 카톡에 은수는 아연해졌다. 그에게 여자 친구라는 존재가 갖는 무게가 100g도 되지 않는다는 기분을 지울 수가 없었다. 100일 날 어떤 이벤트도 없이 넘어가는 것은 그래, 어른이니까로 이해했지만 1주년에도 회식이 있어서 미안하다고 하는 그 앞에서 은수는 말을 잇지 못했다. 화를 낼 수도 없었다. 그는 대표이니까, 일을 해야 하니까.

알겠다고, 괜찮다고 하고 전화를 끊었지만 괜찮아지지가 않았다. 이제 정말 그만해야겠다고 생각했지만 차마 입이 떨어지지 않았다. 은수는 1년간의 대화가 가득한 카톡방을 나가고 그의 전화번호를 차단했다.

연락하지 않을거야. 절대 안 받을거야,라고 다짐했는데 도무지 그때부터 삶에 집중할 수가 없었다. 컴퓨터를 봐도 온통 주원의 얼굴뿐이었고 핸드폰을 잡고 있으면 연락이 혹시 왔을까, 오고 있을까, 나를 기다릴까, 오만 생각이 들어 꺼내지도 못했다. 이틀째가 되던 날, 결국 은수는 먼저 전화를 걸었다.

"뭐해?"

주원은 일상적으로 전화를 받았다. 아무 일도 없었던 것처럼.

"전화 안 했었어?"

"하긴 했는데 안 받길래 뭔 일이 있나보다 했지."

설마. 설마, 했던 마음이 와장창 무너지는 기분이었다.

대답없는 은수를 따라 주원도 말이 없었다.

"왜 그래?"

왜 그런지를 어디서부터 설명해야 할지 알 수 없는 기분
이었다. 어디서부터 이 버림받은 기분을 설명해야 좋을 지
알 수 없어, 아무 말도 할 수가 없었다. 주원은 만나서 이야
기하자고 했고, 은수는 간신히 응, 한 마디를 뱉었다.

홍대의 한적한 카페에서 마주앉아 은수는 준비했던 A4용
지 1장 분량의 말을 제대로 하지도 못한 채 눈물이 터졌다.
외로워. 조금만 더 나에게 관심을 보여줘. 라는 말에 주원
은, 이해할게. 라고 했다.

"이해한다고?"

"지금 헤어지려고 하는 거 아니야?"

되묻는 주원의 표정을 읽으려 애썼다. 순수한 물음. 그 이
상도 이하도 아닌 질문이라 더 슬펐다. 그 말에 맞아,라고
당당하게 되받아치고 잘먹고 잘 살아,라고 할 수 없는 은수
는, 슬펐다. 슬프다는 말로는 다 표현할 수 없는 기분이었

다. 은수는 고개를 떨구고 도리질할 뿐이다. 헤어질 수 없었으니까. 혼자 잡고 있는 연애일지라도, 그 사람 없이는 안되니까. 뚝뚝 떨어지는 은수의 눈물에 당황한 주원은 냅킨을 집어 건네며 말했다.

"노력할게."

냅킨을 받아 눈물을 닦으며 은수는 믿겠다고 했다. 이제부터는 정말 달라지겠다는 말을.

가을이 왔다. 하루 전화 한통이 연락의 전부인, 주말이면 전시회라거나 영화관은 커녕 주원의 사무실에서 뒹굴기 일쑤인 데이트에 은수는 익숙해졌다.

[어디서 볼까, 오빠?]

[사무실로 와~]

평상시와 다를 것 없는 대화인데, 은수는 문득 기분이 나빴다. 당신은 참 편리한 연애를 하는구나. 그래도 거기에 맞추기 급급한 자신의 모습이, 싫었다.

[현대 미술관에서 하는 전시 재밌어 보이던데…]

1이 한동안 사라지지 않았다. 방 청소를 하며 심드렁히 보내다가 도착한 답장에, 은수는 분통이 터졌다.

[하루는 좀 쉬게 해줘라]

하루는 쉬자? 우리 사이가 겨우, 그 정도인가, 하는 극단적인 생각이 들었다. 참을 수가 없었다. 은수는 주원에게 전화를 걸었다.

"하루는 쉬자가 무슨 뜻이야?"

"왜 그래 또 너까지 그러냐."

"데이트다운 데이트를 한 게 언젠 지 기억도 안나! 맨날 오빠 사무실, 사무실!"

"아니, 그건 데이트가 아니야? 도대체 무슨 기준인데?"

"나도 남들 하는 것처럼 평범한 데이트 하고 싶어. 좋은데 가서 밥먹고, 사진 찍어 올리는 그런거!"

"우리는 그런 거 안해? 내가 못 해준게 뭐가 있다고 이러는데 대체?"

발톱을 세우는 주원에게 은수는 결국 마음에 있는 말을 생각 그대로 뱉어 버리고 말았다.

"오빠 나 이러려고 만나?"

무겁기 짝이없는 침묵이 흐르고 전화기가 잘못된 건가? 싶을 때쯤 주원은 한숨을 쉬며 말했다.

"너 진짜 그렇게 생각해? 그만, 그만하자 우리."

그럴만도 하다고 생각하면서도 또, 막상 그렇게 끝,을 상상하니 아찔했다.

"진심이야?"

되묻는 은수의 말에 주원도 말이 없었다.

"만나서 이야기하자. 너희 집 앞으로 갈게."

한 시간 후. 두 사람이 마주앉은 차 안은 어색한 공기만 흘렀다. 누구도 미안해라고 할 생각은 하지 못한 채 서로의 상처, 서로의 잘못만 떠올렸다. 은수는 침묵 속에서 주원의 목소리 없는 퇴근길, 주원의 사무실이 없는 주말을 상상했다. 허전했다.

주원은 말없이 은수의 손을 잡았고 은수는 고개를 숙였다.

짧은 키스를 하고 주원의 사무실로 돌아가 둘은 어느 때보다 격렬한 관계를 가졌다. 사과도 새로운 다짐도 없이 그냥, 그렇게.

지루한 시간은 계속 흘렀다.

주원의 사업 중 하나가 휘청이기 시작했고 하소연을 들어주는 시간들이 늘어났다. 은수는 돈, 그놈의 돈 이야기를 듣는 것이 지긋지긋했다. 그래도, 오죽하면 나에게 이런 이야기를 할까 생각하며 그의 힘든 상황들을 끌어안았다. 데이트 비용을 은수가 부담하는 횟수가 늘어났다. 밥먹을 때면 메뉴판의 가격을 살피고 조금이라도 부담이 될라치면 아냐 이거 안 먹을래~ 손사래 치는 연기도 늘었다. '너가 가족보다 편하다', 그 말이 소중하다는 뜻일거라고 필터링했다.

어느 저녁, 은수가 사무실에서 퇴근을 준비하는데 카톡 하나가 왔다.

[미안한데 300만 원만 빌려줄래.]

힘들다는 건 알고 있었지만 이 정도일 줄은 몰랐다. 거절해야 할지 응해야 할지 몰라 주춤거리다, 망설이는 시간이 길어질수록 그의 자존심이 상할 것 같아 계좌번호를 불러달라고 했다. 이체 완료 메시지를 보내고 나자 고마워라는 세 글자가 카톡창에 뜨고, 끝이었다.

은수는 당황스러웠다.

돈 때문이 아니라 주원의 태도 때문에 당황스러웠다.

어떻게 해야 할지 망설이다가 한나절이 갔다.

사실, 갚고 갚지 않고가 중요한 게 아니었다. 조금도 망설이지 않았던 것에 대한 약간의 감사함을 원했던 것 같다. 고개 숙여 엄청난 감동 표현을 해달라는 것도, 언제까지는 꼭 갚을게 라는 다짐이 필요했던 것도 아니다. 그저, 무언가 설명이 필요했다. 하루 아침에 적금을 깨서 남자친구에게 입

금한 여자친구에 대한 반응이 세상 어디에 이럴까, 라는 생각에 은수의 퇴근길은 착잡했다. 그 밤, 혼자 촛불을 켜다가, 방 정리를 하다가, 음악을 듣다가, 카톡창에 생각나는대로 적어내려갔다.

[오빠 무슨일 있는건 아니지? 나한테 그런 말 꺼내기까지 힘들었을거 알아. 응원하고 지지해. 그래도 아무 연락이 없으니까 좀 불안하고 그러네. 상황 정리되면 이야기해줘.]

그 비슷한 메시지를 뒤죽박죽 적었다. 은수 역시 이런 상태에서 장문의 카톡을 보내는 게 별로라는 거 알고 있지만, 아무 말도 하지 않을 수 없는 그냥 그런 기분이었다.

1이 사라지고 한참이 흘렀다. 5분, 10분.

전화가 걸려왔다.

"야 계좌번호 불러."

"응?"

"너 그 돈이 그렇게 아까워? 너는 다 이해하는 줄 알았는데 똑같네 너도. 그만하자."

어안이 벙벙했다. 차마 입술이 떨어지지 않았다. 뭐가 뭔지 모르겠는 기분 속에서 심장만 몹시 뛰었다. 은수는 떨리는 목소리로 말했다.

"만나서 이야기 해."

이야기할 사람은 주원이고 해야할 이야기는 미안하다는 사과이며 그 말을 들어야 하는 사람은 은수 자신이라고 생각했다. 하지만 달려가야 하는 사람은 은수였다. 택시 안에서 울음이 터졌다. 참 오랜만에 아이처럼 울었다. 뭐가 그렇게 서러운지 모르겠는데 그냥 이러지도 저러지도 못한 채 이따위 상황에 자신을 던져버리고 있는 스스로가 몹시도 슬펐다. 주원의 집 앞에서 택시 창문 너머 그와 눈이 마주쳤을 때. 은수는 자신도 모르게 웃음이 먼저 났다. 웃고 있는 눈이, 그런 스스로가 미치도록 미웠다.

주원은 말이 심해서 미안해, 라고 하며 자연스럽게 은수를 안았고 은수는 뭐가 뭔지 모르겠는 기분으로 또, 그를 마주 안았다.

"괜찮아."

언제나처럼 구렁이 담넘듯한 화해를 한 지 한 달이 흘렀다. 은수는 차마 빌려간 돈에 대해 묻지 못했다. 두 달이 흘렀다. 이야기를 꺼내고 싶었지만 그날의 상처가 떠올라 다시 헤집고 싶지 않았다.

둘의 연애는 그랬다. 지지리도 궁상맞았고 철저하게 을

의 연애였다. 손 붙잡은 연인들을 부러워할만큼 외로웠고 씨앗만한 애정이라도 붙잡고 싶을만큼 연약했다. 친구들이 뜯어 말리는 거야 이미 천 일도 더 된 일이 었고 그 중 몇몇은 그 인간이랑 헤어지기 전에는 연락하지도 말라고 으름장을 놓은 상태였다. 주원이 SNS에서 다른 여자와 보란 듯이 야릇한 대화를 주고받은 것을 발견한 친구가 은수에게 제보를 했는데 그걸 그냥 용시한 것을 받아들일 수 없다는 게 이유였다. 친구의 애정이 전제된 분노라는 걸 아는데, 은수는 그때도, 역시나 주원을 놓을 수가 없었던 것이다. 그랬던 은수가 그만 이 외로운 연애를 그만두어야겠다고 다짐한 것은 아주 사소한 한 마디 때문이었다.

대학 동창의 생일날, 지인을 중심으로 십 수명이 모인 자리였다. 서강대교가 내려다보이는 작업실에서 와인이며 샴페인을 부딪히는 캐주얼한 파티였는데. 새로운 사람을 소개받고, 인사하고를 반복하던 은수는 낯선 남자와 연애에 대한 이야기를 나누게 되었다. 남자친구가 있냐는 말에 그렇다고 대답한 은수의 눈빛이 조금 슬펐던 것인지, 아니면 그 옆을 지나던 친구가 '우리가 옛날부터 헤어지라고 하는데 절대 안 헤어져. 아주 미치겠어 오빠' 쓸데없는 소리를 한 것 때문이 없는 지, 그 남자는 아리송한 칭찬을 했다.

"그래요? 이렇게 예쁜데 도대체 뭐가 아쉬워서."

쉽게 할 수 있는, 또 편하게 들을 수 있는 말인 것을 안다. 아는데 은수는 왈칵 설움이 터졌다.

"어⋯."

당황하는 남자가 은수의 어깨를 쓰다듬었는데, 그 손길이 따뜻하다고 생각하는 스스로가 참 불쌍했다. 이 정도 말에, 이 정도 온기에 북받칠만큼 외로웠구나, 하는 것이 피부로 와닿아서.

헤어지기 하루 전 날, 은수는 지난 시간들이 아까워서 속이 상했다. 가장 예쁜 세월을 가장 쓸 데없는 사람에게 쏟아부은 스스로가 한심했고 아직까지 돌려받지 못한 300만 원을 걱정하고 있는 상황이 참, 싫었다. 만나기로 한 저녁, 약속한 시간 1시간이 지나도록 연락이 없던 주원은 끝내 은수가 전화를 하지 않았다는 것을 이유로 화를 퍼붓기 시작했다.

"너 왜 연락 안 해?"

"오빠도 안 했잖아."

"그게 말이야? 할 말 있으면 해. 사람 뭐같이 만들지 말고."

마음이 냉정해지자 존중이 하나도 배어있지 않은 그의 태도가 똑똑히 보였다.

"우리 그만하자. 나 너무 힘들어."

뭐?를 반복하던 주원은 이거 지금 몰래카메라야? 부터 너 지금 잘못 생각하고 있는거야, 나를 좀 납득시켜봐, 너 원래 이렇게 무책임하니?를 늘어놓다가 은수가 있는 곳으로 오겠다고 했다.

"와도 내가 할 말은 안 변하는데."

"일단 만나. 만나서 이야기하자."

도착한 장소에서 은수를 차에 태운 주원은 눈물 젖은 목소리로 말했다.

"한 번만."

"한 번만이 너무 많았어 오빠."

"마지막."

"마지막도 너무 많았어."

"자기야."

"나 오빠 자기 아니야. 할 말 끝났으면 나 내릴게."

따라 내려 울며 붙잡는 주원을 보며 은수는 더더욱 벗어나고 싶어졌다. 은수는 도망치듯 큰길로 나와 택시를 잡았다.

"어디까지 가세요?"

"아…."

집으로 갈 수는 없다. 계속 울려댈 전화와, 문자와 메시지를 참아내지 못하리라. 1초, 2초, 침묵에 기사님의 짜증이 섞이기 전에. 가까스로 은수는 북적이는 번화가를 생각해낸다.

"이태원으로 가주세요."

빠르게 멀어지는 가로등을 보며 지금 무슨 일이 일어난 것인지 곱씹는 은수였다. 첫 만남부터, 이별까지. 그 수많은 추억은 함께 쓴 이야기일까 혼자만의 독백이었을까. 아무리 되짚어봐도 씨앗 없는 화분에 홀로 열심히 물을 부어 왔다는 기분을 지울 수가 없다. 혼자 한껏 부어놓은 물을 보며 와, 우리 이렇게 사랑하네 감탄했던 시간. 그의 사랑을 갈망하기 전에 스스로에 대한 사랑을 먼저 채웠더라면 조금 달랐을까.

자꾸만 올라오는 씁쓸함을 지우려 친구에게 전화를 건다.

"나 오늘 헤어졌어. 응응, 드디어. 이태원으로 와. 뭘 벌써 소개야, 그냥 너만 와."

에필로그

첫 책보다 두 번째 책이 더 어렵다는 말을 들었던 기억이 납니다. 그때는 '책을 두 권이나 낼 수 있다면 기분 짱이겠는데!' 그렇게만 생각했는데. 첫 번째 책이 나온 해에 곧이어 두 번째 책을 세상에 보내게 되었습니다. 지금 이 문장을 쓰면서도 '이게 꿈인가' 싶어요.

단편의 매력에 빠진 것은 10년도 더 된 일입니다. 호시 신이치의 쇼트쇼트 시리즈로 책장이 빼곡하니까요. 엄청나게 다양한 세계관과 등장인물이 담긴 책 한 권을 읽고 나면 시간 여행이라도 다녀온 것처럼 즐거웠습니다. 충격이나 설렘이나 슬픔이나 뿌듯함처럼 — 오만 감정을 사탕처럼 풀어내는 단편의 묘미를 열 세 개의 이야기에서 즐기실 수 있다면 기쁘겠습니다.

저는 연애세포를 불러일으키고 싶을 때는 '커피'와 '외모지상주의'가, 지나간 추억에 잠기고 싶은 날이면 '서울역'과 '첫사랑이 슬픈 이유'가 생각납니다. 마주하고 싶지 않지만 도망칠 수도 없는 사회의 면면을 담은 이야기들도 있습니다. '나쁜남자증후군', '한낮의 장미'를 통해서는 이렇게 다양한 가치관의 존재감을 주장하는 시대에 내가 믿는 상식은 무엇인지 생각해보고 싶었습니다. 여러분에게는 이 이야기들이 어떤 생각과 감정을 불러올지 궁금합니다. 부디 그 생각의 일렁임이 결론적으로 유의미하고 긍정적일 수 있기를 바랍니다.

책읽기를 좋아하던 꼬마가 서른만큼 자라서 책을 쓰는 사람이 되게 해 주신 많은 분들께 진심으로 감사 드립니다. 몇 번이나 미뤄진 원고일정을 기다려주시고 응원해주신 상상앤미디어 대표님, 편집자님, 마케터님. 감사합니다. 원동력이 되어주는 가족과 남자친구에게도 감사합니다. 부족한 글을 읽어 주신 모든 분들에게 감사한 마음을 전합니다.

어제나 오늘이나 예쁜 사랑하세요. 감사합니다.

첫사랑이
슬픈 이유

초판 1쇄 2020년 12월 08일

글 조윤성

발행인 겸 편집인 유철상
편집 정예슬, 박다정, 정유진
본문 디자인 노세희
교정·교열 장시중
마케팅 조종삼, 윤소담

펴낸곳 상상출판
주소 서울특별시 동대문구 왕산로28길 39, 1층(용두동, 상상출판 빌딩)
구입·내용 문의 | 전화 02-963-9891 **팩스** 02-963-9892
이메일 sangsang9892@gmail.com
등록 2009년 9월 22일(제305-2010-02호)
찍은 곳 다라니
종이 ㈜월드페이퍼

ISBN 979-11-90938-93-8(03810)
© 2020 조윤성

www.esangsang.co.kr